कुछ शब्द ठिठके से

(काव्य संग्रह)

दिनेश चन्द्र पाठक 'बशर'

दिल्ली-110089, (भारत)

संस्करण : 2020
ISBN : 9789389984200

प्रखर गूँज पब्लिकेशन
एच-3/2, सेक्टर-18, रोहिणी, दिल्ली-110089
दूरभाष : 7982710571, 7838505899, 011-27851059

प्रथम संस्करण : 2020

आवरणः दुर्गाप्रसाद

कुछ शब्द ठिठके से

दिनेश चन्द्र पाठक 'बशर'
Mob. : 98370 89319

Kuchh Shabd Thitke se
By Dinesh Chandra Pathak 'Bashar'

Published by
PRAKHAR GOONJ PUBLICATION
Delhi-110089
E-mail : prakhargoonj@gmail.com
          sinha.neelu123@gmail.com
Ph. : 011-27851059, 7982710571, 7838505899

महावीर सिंह बिष्ट

साहित्य यूँ तो किसी भी मनुष्य की भावनात्मक सुरूचि तथा चिंतन-मनन को प्रदर्शित करता है। किंतु जब बात किसी शिक्षक के संदर्भ में हो तो पाठ्यक्रम से अतिरिक्त भी अन्य विषयों का लेखन तथा पठन-पाठन एक शिक्षक के अद्यतन रहने की कसौटी बन जाता है। विशेष रूप से साहित्य का काव्यपक्ष किसी कवि के हृदय की कुछ भावनाओं का प्रकटन मात्र नहीं, अपितु यह समाज में घटित हो रही सामाजिक, सांस्कृतिक तथा राजनैतिक दशा-दिशा पर उसकी पैनी दृष्टि को भी प्रतिबिंबित करता है। प्रस्तुत काव्य संग्रह ''कुछ शब्द ठिठके से'' के लेखक श्री दिनेश चंद्र पाठक मात्र एक कवि ही नहीं अपितु एक संगीत अध्यापक भी हैं, तो मानव हृदय के कोमल भावों पर उनकी पकड़ इस काव्य संग्रह के रूप में स्पष्ट रूप से परिलक्षित होती है।

महादेव तथा श्रीराम की स्तुति से प्रारम्भ होती इस पुस्तक में जहाँ एक ओर ''माँ'', ''क्योंकि एक पिता हूँ मैं'', ''बेटी'' जैसी कविताएँ पारिवारिक संबंधों की मिठास से हमें परिचित करवाती हैं, वहीं दूसरी ओर ''काँधों पर हम बस्ता टाँगे हाथों में ले हाथ चलें'' तथा ''बच्चों मेरी गली में आओ'' जैसी कविताएं स्कूली बच्चों के प्रति उनके लगाव को प्रदर्शित करती हैं। जहाँ एक ओर इसमें रसराज कहे जाने वाले शृंगार रस से ओतप्रोत कविताएँ अपना लालित्य बिखेरती हैं, वहीं दूसरी ओर ''अय्यारी अपनी छोड़ भी दे, सियासत अब सच बोल भी दे'' जैसी ग़ज़लें एक आम आदमी की आवाज बनकर उभरती हैं। एक और बात जो इस पुस्तक को अलग बनाती है वह यह है कि इस पुस्तक में शृंगार का आध्यात्म के साथ एक अनोखा मिश्रण, जो कि मानवीय प्रेम को एक आध्यात्मिक ऊँचाई प्रदान करता है। ''सखि तुम्हारा रूप है ऐसा'' कविता में वे लिखते हैं-

साधन तुम औ तुम्हीं साधना, तुम्हीं पुण्यफल तुम्हीं अर्चना

प्रेमयज्ञ चल रहा निरन्तर, नाम का तेरे मन्त्र बनाया।।

मात्र कविता ही नहीं अपितु ग़ज़लों के माध्यम से भी इन्होंने आम आदमी की बेबसी को बड़ी संजीदगी से प्रस्तुत किया है। जैसा कि इन पक्तियों में दिखाई देता है-

यहाँ मासूम दीवाना सा लगे, फरेबियों का निशाना सा लगे।।

फटे कुर्ते में यहाँ इल्म जिया, इश्तेहारों का ज़माना सा लगे।।

आज समाज में गिरती नैतिकता भी इनकी नजर से बची नहीं है शायद इसीलिए उनकी कविताओं में ये उद्गार उभरकर आते हैं-

पिता से पुत्री भी है शंकित, हो गई मां की गोद कलंकित

गुरू की गरिमा हो गई लज्जित, किसको मैं आदर्श बनाऊँ?

साथ ही जीवन के सफर में आशावादिता के महत्व को समझते हुए वे लिखते हैं-

जो नहीं फिक्र मन्जिलों की किये,

राह का लुत्फ वो ही लोग लिये।।

निश्कर्ष रूप में कहा जा सकता है कि प्रस्तुत पुस्तक निश्चित ही पाठक वर्ग को आकर्षित करेगी। मैं श्री दिनेश चंद्र पाठक को इनकी पुस्तक ''कुछ शब्द ठिठके से'' के लिये अपनी शुभकामनाएँ प्रेषित करता हूँ।

13/7/2020

महावीर सिंह बिष्ट

अपर निदेशक
(गढ़वाल मण्डल)

माध्यमिक शिक्षा, उत्तराखण्ड

त्रिवेन्द्र सिंह रावत

उत्तराखण्ड सचिवालय,
देहरादून-248001
फोन   :   0135-2650433
           0135-2716262 (आ.)
फैक्स   :   0135-2712827
आवास :   0135-2750033
           0135-2750344
फैक्स   :   0135-2752144

शुभकामना संदेश

मुझे यह जानकर अत्यंत प्रसन्नता हो रही है कि श्री दिनेश चंद्र पाठक जी द्वारा अपनी तीसरी पुस्तक तथा दूसरा काव्य संग्रह **"कुछ शब्द ठिठके से"** का प्रकाशन किया जा रहा है। श्री पाठक जो कि एक सुयोग्य संगीत शिक्षक हैं, इनके द्वारा समय-समय पर किया जाने वाला लेखन कार्य निश्चय ही इनकी रचनात्मकता एवं कर्मठता को प्रदर्शित करता है। इस पुस्तक में जहाँ एक ओर मानवीय सम्बन्धों की भावनात्मक अभिव्यक्ति अपने चरम पर है, वहीं दूसरी ओर छोटे बच्चों को सम्बोधित करती उनकी कविताएँ एक अध्यापक के रूप में छात्रों के साथ उनके प्रगाढ़ सम्बन्धों को भी दर्शाती है।

मैं इनकी इस पुस्तक के सफल प्रकाशन पर अपनी हार्दिक शुभकामनाएँ प्रेषित करते हुए इनके उज्ज्वल भविष्य की कामना करता हूँ।

(त्रिवेन्द्र सिंह रावत)

"भूमिका"

"कुछ शब्द ठिठके से"-नैतिक समाज की आकांक्षा का काव्य

"कुछ शब्द ठिठके से" दिनेश चंद्र पाठक "बशर" की तीसरी पुस्तक तथा दूसरा कविता संग्रह है। संग्रह में कुल नब्बे कविताएँ/ग़ज़लें हैं। दिनेश चंद्र पाठक का यह संग्रह वर्ण्य विषय और शिल्प की दृष्टि से विविधता सम्पन्न है। देव स्तुति से लेकर राष्ट्रप्रेम, प्रकृति-प्रेम, राजनीतिक प्रपंच और सामाजिक जीवन के कटु यथार्थ तक विषय विस्तार है। पाठक जी पर्वत के निसर्ग सुंदर व आत्मीय प्राकृतिक परिवेश में जीवन जीने वाले हैं और उसका व्यापक प्रभाव उनकी कविताओं के व्यक्तित्व पर लक्ष्य किया जा सकता है। तात्पर्य यह कि पर्वत जैसी उन्मुक्तता, निर्मलता उनकी कविताओं की विशिष्टता है। सरलता पर्वतीय परिवेश की स्पष्ट पहचान है। इसे दिनेश जी की अपनी कविताओं के संबंध में की गई टिप्पणी से भी जाना-समझा जा सकता है- "कविता मेरे लिए भारी-भरकम शब्दों या परिभाषाओं का विकट चक्रव्यूह नहीं अपितु हृदय की कोमल भावनाओं की सरस व सरलतम अभिव्यक्ति है।" यानी कविता कोमल भावनाओं की सरस व सरलतम अभिव्यक्ति है। दिनेश जी की यह टिप्पणी देखने में सरल ज़रूर है, किंतु उसके निहितार्थ उतने सरल नहीं हैं। उनकी टिप्पणी से यह साफ इंगित हो रहा है कि कविता के नाम पर बहुत सारा प्रयत्न जटिलता व दुरूहता की सृष्टि कर रहा है। कविता-सृजन को कठिन बना दिया गया है। आजकल कविता वैचारिकता के दुर्वह बोझ से आक्रांत हो गई है। ऐसे में कविता के आत्मीय लोक में पहुँचना पाठकों के लिए सरल नहीं रह गया है। प्रस्तुत संग्रह के कवि की स्वीकारोक्ति कवि की दृष्टि की तमाम खूबियों को स्पष्टतः संकेतित कर दे रही है और ये संकेत है कि कवि सरल, भावनाशील, संघर्षशील और स्पष्टवादी है। इन सभी संकेतों को संग्रह की कविताओं के विश्लेषण के माध्यम से अच्छी तरह से पहचाना जा सकता है।

संग्रह की पहली कविता से ही उनकी प्रतिबद्धता का ज्ञान प्राप्त हो जाता

है। वैसे तो कविता ईश्वर-प्रार्थना है, जिसका शीर्षक है "महादेव स्तुति"। इस कविता में कवि अपने लिए कुछ न माँगकर राष्ट्र-कल्याण की कामना करता है और इसी बहाने वह अपने गौरवशाली देश, भारत के अतीत-गौरव का भी सम्यक स्मरण करता है। "राष्ट्रगौरव राम" दूसरी कविता है, जिसमें कवि भगवान श्रीराम को राष्ट्र का प्राण कहता है और यह वास्तव भी है कि प्रभु श्रीराम भारतीय संस्कृति के प्राण-तत्व हैं। यदि योगेश्वर श्रीकृष्ण, भगवान बुद्ध और प्रभु श्रीराम को भारतीयों की स्मृति से हटा दिया जाए तो भारत की संस्कृति में क्या शेष बचता है? इसका सहज अनुमान किया जा सकता है। संग्रह में "राम कहते हैं" शीर्षक से एक कविता है, जिसमें कवि एक नैतिक समाज रचने की आकांक्षा व्यक्त करता है। संग्रह में आत्मीय संबंधों जैसे माँ, पिता पर भी कविताएँ हैं। पिता पर लिखते हुए कवि ने "पिता" की तमाम ख़ूबियों और ताक़तों को भावपूर्ण तरीक़े से स्मरण किया है। पिता के व्यक्तित्व का विश्लेषण करती हुई कविता की बानगी देखिए–

आँखें मेरी, स्वप्न तुम्हारे, विजयी तुम, संघर्ष हमारे

महारथी तुम, मैं हूँ सारथी, दृष्टि मेरी, लक्ष्य तुम्हारे।

हर सफलता को तुम्हारी, धागे सा बुनता सदा ही

फटे पैर सीता हूँ मैं, क्योंकि एक पिता हूँ मैं।।

(क्योंकि एक पिता हूँ मैं) कविता कुछ छिपा नहीं रही है। बहुत साफ तरीक़े से व्यक्त कर जाती है कि पिता के परम त्याग से उसकी संततियाँ बड़ी-बड़ी उपलब्धियाँ हासिल कर पाती हैं। पिता अपने सपनों को गिरवी रखकर अपने बच्चों के लिए साधन-सुविधा जुटाता है और उनकी सफलता की राह में आने वाले अवरोधों को दूर करने के प्रयत्न में अपना सर्वस्व होम कर देता है। तब कहीं जाकर संतानें सफलता के शिखरों का स्पर्श करती हैं। संग्रह की मार्मिक कविताओं में से एक यह भी है। "बेटी" शीर्षक कविता में कवि ने बेटियों के जीवन के सत्य, उनके संघर्षों और जीवट को अभिव्यक्त किया है। बेटियाँ अपने घर-परिवार को अपनी हँसी से पवित्र करती रहती हैं। यह मर्म इस कविता में सुंदर तरीके से अंकित है–

हँसती है, हँसाती है, फूलों सी मुस्काती है
प्यारी बिटिया रानी मेरी, अक्सर माँ बन जाती है।।

बेटियाँ अक्सर माँ बन जाती हैं। यह बात कवि ने बहुत बारीक़ी से और प्रिय तरीके से व्यक्त की है। बेटियों के अंदर ममत्व होता है, जो परिवारों को स्नेह, ऊष्मा व सुरक्षा के भावों से आप्लावित कर देता है। बेटियों के जीवन का संकेत करते हुए एक दूसरी कविता है? –"दो घरों की शान"। इसमें कवि ने अधिक खुलकर बेटियों के व्यक्तित्व की विशेषताओं को रेखांकित किया है। इस कविता में कवि ने बेटियों के जीवट का बहुत सुंदर सादृश्य उपस्थित किया है, जो कविता के मूल्य को संवर्धित करता है–

"उदार हिरदय हो मगर फिर भी धनी हो मान की
दूब सी जीवटता ले हर क्षण खड़ी हो तुम।।
मान हो परिवार का माता–पिता की लाड़ली
जीवन में हर संघर्ष से निर्भय भिड़ी हो तुम।।

बेटियों के जीवट को दूब की जिजीविषा के बराबर बताते हुए कवि यह संकेत कर रहा है कि वे अपने अस्तित्व के लिए, अपनी पहचान के लिए अथक संघर्ष करती हैं। समाज में उन्हें सिर्फ़ प्रतिकूलताएँ ही प्राप्त हैं, फिर भी वे न रुकती हैं, न थकती हैं। यही कारण है कि कवि बेटियों के जुझारूपन को आत्मीय भाव से स्मरण करता है।

संग्रह में "जानवर" शीर्षक कविता है। उसमें कवि ने उपभोक्तावादी संस्कृति के कुचक्र में फँसकर शोषण का शिकार हुई स्त्रियों को लक्ष्य करते हुए मर्म को छूने वाली कविता भी लिखी है। यह कविता विलक्षण तरीके से स्त्री–शोषण के सत्य को उद्घाटित करती है–

अक्सर विज्ञापनों में दिख जाती हैं, अधनंगी देह प्रदर्शित करती युवतियाँ,
किसी न्यूज चैनल पर......... या किसी चलचित्र को देखते हुए।।
अप्सराओं सी आकर्षक देह, अकूत सौन्दर्य की स्वामिनी,
मोहित हो जाती हैं...

किसी पुरुष के अण्डरवियर या परफ़्यूम की खुशबू पर।।
ना चाहते हुए भी आँखें टिक जाती हैं उस कामुक देह पर
एक एहसास होता है......

कि देह को दिखाने के लिये वस्त्रों का प्रयोग कितना चातुर्यपूर्ण है?

संकलन में "करते हम सब आज नमन" शीर्षक से भारतीय स्वातंत्र्य वीरों को समर्पित कविता भी सम्मिलित है। इसमें कवि ने भारतवर्ष की साम्राज्यवादी शक्तियों से मुक्ति के लिए किये गए आंदोलन में संलग्न रहे भारतीय स्वतंत्रता सेनानियों को कृतज्ञ भाव से स्मरण किया है-

करते हम सब आज नमन, स्वातंत्र्यसमर के वीरों को

आन - बान के धनी अनोखे, भारत के रणधीरों को।।

बंग की पावन धरती से, संन्यासी तपबल जाग उठा

भक्तिमयी कण्ठों से अद्भुत, वीरोचित वह राग उठा।

विश्व समूचा हुआ था विस्मित, देख महान फकीरों को।।

आन-बान के धनी अनोखे, भारत के रणधीरों को।।

कवि ने समूचे देश से उठने वाली मुक्ति की आवाज़ों को अपनी कविता में दर्ज़ किया है। साथ ही यह भी स्पष्ट कर दिया है कि युवा संन्यासी स्वामी विवेकानंद सरीखे आध्यात्मिक संतों की कितनी बड़ी भूमिका थी स्वतंत्रता संग्राम में। ऐसे आध्यात्मिकों ने संपूर्ण देश को ऊर्जा से भर दिया था। देश जाग गया था उनके आह्वान पर। ऐसे ही वीर सेनानियों, मंगल पाण्डेय, लाल-बाल-पाल, भगत सिंह, अशफ़ाक और गाँधी जी को भी कृतज्ञभाव से याद किया है।

"भारत की पहचान है हिंदी" शीर्षक से एक कविता है जो हिंदी के विरोध में उठने वाले तमाम स्वरों को कुंद करती हुई हिंदी को हमारी पहचान, अभिमान और आह्वान के रूप में रेखांकित करती है। एक उदाहरण देखिए-

भारत की पहचान है हिंदी, हम सबका अभिमान है हिंदी

तेरी हिंदी, मेरी हिंदी, पूरा हिंदूस्तान है हिंदी।।

और इसका अंतिम हिस्सा भी कम महत्त्वपूर्ण नहीं है, उसमें हिंदी को हम सबकी अस्मिता बताया गया है-

बड़ी बहन सब भाषाओं की, ये संवाहक आशाओं की

मन के भावों की ये वाचक, भारत की पहचान है हिंदी।।

इसी तरह भारत की आज़ादी के बाद की वास्तविक स्थितियों के प्रति दुःख प्रकट करती हुई एक महत्त्वपूर्ण कविता है "गाँधी जी तुम आकर देखो भारत माता रोती है"-

लोकतंत्र के मंदिर को रणभूमि बनते देखा है
संसद में आधे लोगों को हमने सोते देखा है
भूखी जनता सर पर अपने इनके खर्चे ढोती है
गाँधी जी तुम आकर देखो भारत माता रोती है।।

संग्रह में "प्रेम" विषय पर कई कविताएँ हैं और इनमें प्रेम को सरल तरीके से परिभाषित करने की कोशिश की गई है। संकलन की एक सशक्त कविता "बारिश" शीर्षक से है। इसमें बारिश के अनुभवों, सबके अपने-अपने तात्पर्य, ग्रीष्मातुर लोगों की बारिश से अपेक्षा अलग है और किसान के लिए बारिश अलग है और कवि का अनुभव अलग है। आइए देखते हैं इन अनुभवों की अभिव्यक्ति को एक साथ-

पहला ध्यान आता है गर्मी से झुलसते लोगों का
जो आतुर होकर कर रहे थे प्रतीक्षा
कि कब एक ठण्डी फुहार बरस जाए
और हर ले रोष सूर्यदेव का
एक माँ के स्नेह की तरह।
हाँ..... शायद यही लगता होगा उन्हें...
जैसे पिता के क्रोध की गर्मी को शान्त कर दे एक माँ
अपने मृदु वचनों से।
लगता है ना ऐसा ही ??

हे अन्नदाता!
तुम भी तो इसी प्रतीक्षा में थे ना ?
रोज़ टकटकी लगाए देखते थे
उमड़ते-घुमड़ते बादलों को।
लो अब बरस गए हैं ये तुम्हारे घर-आँगन और खेतों में।
बताओ ना...... कैसा लगता है अब ?
जरा हमसे भी साझा करो अपनी प्रसन्नता, अपनी आशाएँ
मुँहमाँगा वर जो मिल गया है तुम्हें।।

मन तो करता है
पूछूँ इन मोर के झुण्डों से भी
कि क्यों मग्न हो नृत्यरत अविरत ?
किंतु इनकी तो भाव-भंगिमाएँ ही बहुत कुछ बतला रही हैं।।

यदि मुझसे पूछो कि मुझे क्या लगता है....
सच कहूँ तो यूँ लगता है
जैसे अँगुलियाँ थिरक रही हों ज़ाकिर हुसैन की
तबले की चाँटी पर
जिसे सुनते ही मुँह से अकस्मात निकल पड़े
वाह उस्ताद वाह!!!

कितने सुखद हैं ये सारे अनुभव संसार? वर्षा धरती पर नवसृजन का कारक है। यदि वर्षा न हो तो धरती सूखी, नंगी, अनाकर्षक और वीरान हो जाएगी। इसीलिए ग्रीष्म ऋतु से आक्रांत मनुष्यों और धरती को इसकी आतुर प्रतीक्षा रहती है। यहाँ कवि की विशेष प्रशंसा इसलिए की जानी चाहिए कि उसने इतनी ख़ूबसूरती से वर्षा के अनुभवों को समेटा है, बिल्कुल नए अंदाज़ में। बारिश के लिए उसके सादृश्य विधान की भी प्रशंसा होनी चाहिए। कविता लंबी है, मैंने विस्तारभय से कुछ हिस्सों को छोड़ दिया है।

कविता का अंत कवि के स्वयं के अनुभव-संदर्भ से होता है, जिसमें वह बारिश को ज़ाकिर हुसैन की अंगुलियों की थिरकन की तरह देखता है। सच है, जिसने भी उस्ताद ज़ाकिर हुसैन की नृत्यरत अंगुलियों को तबले पर थाप देते देखा होगा, वे सभी लोग कवि के अनुभव-जगत में सम्मिलित होकर उसके सादृश्य-विधान को उपयुक्ततम मान लेंगे। अद्भुत सादृश्य है। यह कविता निश्चय ही संग्रह की एक ताक़तवर कविता है। जो इसके मूल्य में वृद्धि करती है।

प्रस्तुत संग्रह प्रयोग की दृष्टि से भी काफी दिलचस्प है। इसमें कवि ने जहाँ एक ओर विषय की दृष्टि से बहुत सारे प्रयोग किये हैं, वहीं रूप को केंद्र में रखकर भी बहुत सारे प्रयोग आज़माए गए हैं। मसलन संग्रह मुक्त छंद की कविताओं से लेकर गीत और ग़ज़लों से भी समृद्ध है। कई ग़ज़लें निश्चय ही पाठकीय आकर्षण का विषय होंगी। मैं यहाँ सबकी चर्चा नहीं कर रहा हूँ, सिर्फ़ एक का उल्लेख व विश्लेषण करना चाहता हूँ। ग़ज़ल का शीर्षक है– "रगों में ज़हर अब उतरने लगा है"। इस ग़ज़ल में दिनेश पाठक ने हमारे समाज के नैतिक पतन, भयानक षड़यंत्रों और सर्वत्र आतंक के साये में जीवन जीने का अभिशाप भोगते मनुष्यों पर सटीक टिप्पणी की है–

रगों में ज़हर अब उतरने लगा है, ये मुल्क मेरा बिखरने लगा है।।

धरम-जात के इन बखेड़ों में देखो, इंसान भी कितना गिरने लगा है।।

हुआ दूध शर्मिंदा माओं का हाए!, दिल बच्चियों का भी डरने लगा है।।

मारे गए लोग सड़कों पे कितने, कानून से अब जी भरने लगा है।

दहशत का डेरा दिलों में है ऐसा, घर में ही डर अब तो लगने लगा है।।

कब तक मनाएगा तू ख़ैर आख़िर, दहलीज़ पे जुर्म पसरने लगा है।।

कहाँ मुँह छुपाओगे बोलो "बशर"

तुम, ज़मीर ही सवाल अब तो करने लगा है।।

हमारे समय और समाज की सबसे बड़ी चुनौती कहीं बाहर से नहीं है, बल्कि हमारे अंदर है। हम ही हैं जो अवमूल्यन का शिकार हो गए हैं।

फिर कैसे नैतिक व आत्मीय समाज बन सकेगा? यह बड़ा प्रश्न है, जिसकी ओर ग़ज़ल में स्पष्ट संकेत किया गया है।

कुल मिलाकर "कुछ शब्द ठिठके से" की कविताएँ स्वस्थ और नैतिक समाज रचने के लिए आह्वान सरीखी हैं। मैं दिनेश चंद्र पाठक "बशर" को उनके इस सुंदर प्रयास के लिए हार्दिक शुभकामनाएँ देता हूँ।

डॉ० अखिलेश दुबे

आचार्य

हिंदी एवं तुलनात्मक साहित्य विभाग

म० गांधी अं० हिंदी विश्वविद्यालय

वर्धा, महाराष्ट्र

क्रम तालिका

लेखक की कलम से

कविता मेरे लिये भारी-भरकम शब्दों या परिभाषाओं का विकट चक्रव्यूह नहीं अपितु हृदय की कोमल भावनाओं की सरस एवं सरलतम् अभिव्यक्ति है। सच कहूँ तो मुझे तो काव्यशास्त्र का कोई ज्ञान भी नहीं, ना ही मैं छंदशास्त्र के नियमों से परिचित हूँ। समय-समय पर जो भी भाव एक प्रवाहरूप में हृदय में अनुभव करता हूँ बस उन्हीं को काग़ज पर लिख लेता हूँ। इन्हीं सरल भावों का संकलन एक पुस्तक के रूप में सभी पाठकों के समक्ष रख रहा हूँ। हो सकता है कुछ महानुभावों को मेरा यह प्रयास अच्छा लगे, कुछ को इसमें आलोचना हेतु कुछ सामग्री दिखाई दे और कुछ उदासीन होकर बैठ जाएँ, किन्तु "कुछ नहीं करने से कुछ करना ही बेहतर है", इसी भाव के साथ यह पुस्तक आप सभी गुणीजनों के सम्मुख प्रस्तुत करने का साहस कर रहा हूँ। आशा करता हूँ कि संतसमाज की तरह आप सभी पाठकगण इस पुस्तक में व्याप्त त्रुटियों को छोड़कर मेरे इस प्रयास को अपना स्नेह अवश्य देंगे।

दिनेश चन्द्र पाठक 'बशर'

महादेव स्तुति

शूलपाणि हे महादेव!
हे विश्वनाथ उद्धार करो।
राम-कृष्ण की पुण्यभूमि में
अतुल शौर्य संचार करो।।

विश्वरूप! हे महाकाल!
भयनाश करो भवत्राश हरो
मुख तेजोमय धीर हृदय हों
हीनभाव का नाश करो।।

रामचंद्र सी राजनीति हो
कूटनीति हो केशव सी
परशुराम सा युद्ध का कौशल
मन में स्वच्छ विचार भरो।।

एकलव्य सी गुरूभक्ति दो
स्वामिभक्ति दो हनुमत सी
ईशभक्ति प्रहलाद सी दे दो
देशभक्ति आधार करो।।

जागे गौरव भारत माँ का
घर-घर भगत सुभाष भरो
बुद्धि-विनय अब्दुल कलाम सी
नवयुग का आधार धरो।।

गुणातीत हे गुणाकार
सद्गुणों से भूषित राष्ट्र करो
विनय "दिनेश" की हे भोले!
हे आशुतोष! स्वीकार करो।।

दिनेश चन्द्र पाठक 'बशर'

राष्ट्रगौरव राम

भाव हो कर्तव्य का तुम प्रेम का संचार हो
राम जननायक, नरोत्तम, अखिल जगदाधार हो।।

दीनजन के सहज सम्बल, आर्तजन की पुकार हो
तृप्ति हो उपकार की करुणा के तुम भण्डार हो।।

सीमा मर्यादा की हो, गुण-रूप के आगार हो
ध्वनि सनातन ॐ की तुम सृष्टि का विस्तार हो।।

मूर्त रूप विनम्रता के, त्याग का संस्कार हो
न्याय की अवधारणा हो, नीति का तुम सार हो।।

भक्त रंजन, शत्रु मर्दन, धर्मधनु टंकार हो
शत्रु संहारक महाकाली के खड्ग की धार हो।।

आदिकवि की प्रेरणा हो, सुमति का सत्कार हो
विश्व को अपना दिया वर, राम तुम साकार हो।।

पापनाशक, धर्मरक्षक, सहज सौम्य, उदार हो
भाव से फलीभूत होते, ऐसे तुम करतार हो।।

राष्ट्रगौरव, राष्ट्रप्रेरक, राष्ट्र के आधार हो
राष्ट्र के तुम प्राण रघुवर, राष्ट्र के श्रृंगार हो।।

राम कहते हैं

पूजो मत, मात्र तुम अपना लो मुझे
राम कहते हैं चरित्र में बसा लो मुझे।।

परसम्पत्ति हड़पने को जो उन्मुख हो
उस विजयध्वजा से तुम हटा लो मुझे।।

सोने के महलों में भाई एक ना हों
तो फिर गिरि कानन में कहीं बसा दो मुझे।।

जब दुष्टों के हाथ छली जाए सीता
अग्निबाण धर्म तरकश का बना लो मुझे।।

शबरी, केवट की उस निश्छल भक्ति में
सौंधी मेंहदी की तरह रचा दो मुझे।।

तुलसी का रक्षक, सूर का सखा कभी
कौशल्या का लालड़ा बना लो मुझे।।

दिनेश चन्द्र पाठक 'बशर'

माँ

लिखने चला तुझ पे कविता माँ
मन के मृदुल भावों को जगा
बुद्धि, लेखनी दोनों हैं चुप
हृदय निरंतर बोल रहा।।

प्रथम गुरू, तुम प्रथम प्रेयसी
प्रथम ईश इस जीवन की
तुम दाता इस तन औ प्राण की
मैं तो बस याचक ठहरा।।

तेरी दृष्टि से जग देखा
संस्कारों से पहचाना
रोष से तेरे बुरे को जाना
मन के सब पापों को हरा।।

क्या लिक्खूँ क्या तुझ पर बोलूँ
मैं खुद ही सिरजन तेरा
तेरे चरणों की रज पर माँ
नतमस्तक जीवन मेरा।।

क्योंकि एक पिता हूँ मैं

चिंता से जलती चिता हूँ मैं
देखो, समझो मुझे, एक पिता हूँ मैं।।

ना माँ सा वात्सल्यपूर्ण
ना बहना का सा दुलार
ना दादी सा बला वारता
ना मौसी सा स्नेह-प्यार

लेकिन मन-मस्तिष्क में
आस में हर लक्ष्य में
तुमको ही जीता हूँ मैं
क्योंकि एक पिता हूँ मैं।।

आँखें मेरी स्वप्न तुम्हारे
विजयी तुम संघर्ष हमारे
महारथी तुम मैं हूँ सारथी
दृष्टि मेरी लक्ष्य तुम्हारे

हर सफलता को तुम्हारी
धागे सा बुनता सदा ही
फटे पैर सीता हूँ मैं
क्योंकि एक पिता हूँ मैं।।

देख तुम्हें आनंद मनाता
अपने घावों को सहलाता
तुम पर ही सर्वस्व लुटाता
रूठ के खुद ही मान भी जाता

गर्वित होकर कभी झूमता
स्वप्नलोक में मस्त घूमता
अश्रु कभी पीता हूँ मैं
क्योंकि एक पिता हूँ मैं।।

बेटी

हँसती है हँसाती है
फूलों सी मुस्काती है
प्यारी बिटिया रानी मेरी
अक्सर माँ बन जाती है।।

घर में सबसे प्यार जताती
प्रेम के चुम्बन कभी लुटाती
कभी उदास जो देखे मुझको
माथा भी सहलाती है।।

माँ से अपनी गप्प लगाती
जाने कितनी बात बनाती
कल्पनालोक में खूब विचरती
हमको भी बहलाती है।।

घर में खूब शरारत करती
करतब अजब-अनोखे करती
देख के माँ की टेढ़ी नज़रें
पास मेरे छुप जाती है।।

गाती गीत सुरीले स्वर में
कभी नृत्यरत अपनी धुन में
सुल-लय-ताल से ये घर-आँगन
ये ही रोज सजाती है।।

पुत्री तू ईश्वर की वाणी
वीणा की झंकार सुहानी
भाव मेरे यह तुझे समर्पित
लेखनी शब्द लुटाती है।।

दिनेश चन्द्र पाठक 'बशर'

दो घरों की शान

अल्हड़ पहाड़न की अनोखी सादगी हो तुम
सदाबहार के फूलों की कोई लड़ी हो तुम।।

छुईमुई सी सिमटी ना तितली सी तुम उन्मुक्त हो
स्थिर दीपशिखा के जैसी तेजोमयी हो तुम।।

उदार हिरदय हो मगर, फिर भी धनी हो मान की
दूब सी जीवटता ले हर क्षण खड़ी हो तुम।।

मान हो परिवार का, माता-पिता की लाड़ली
जीवन में हर संघर्ष से निर्भय भिड़ी हो तुम।।

भाई के हाथों की राखी और माँ की सहचरी
काम पर जाते पिता की शुभ घड़ी हो तुम।।

ईश की बनकर कृपा जीवन में तुम रहना सदा
दो घरों की शान बन हरदम खड़ी हो तुम।।

शिक्षक

शिक्षक, गुरू, आचार्य
ये नहीं मात्र शब्द
नहीं मात्र एक सामाजिक सम्बंध,
यह है एक आस
आस यही, कि संभव है,
संभव है हर प्रश्न का हल
जो जीवन कर रहा है प्रतिपल,
सहारा यह उस हाथ का
गीली मिट्टी जो काढ़ता
निर्मित करता रूप सुहाने
रंग ज्ञान के वारता।।

ज्ञान तेज से सूर्य सा तपता
और सबको नवजीवन देता
जो कोई संसर्ग में आता
उसको ही आलोकित करता।।

निज आचार से जो सिखलाता
वो ही तो आचार्य कहाता
मन औ बुद्धि परिष्कृत करता
आत्मज्ञान का दीप जलाता।।

कृष्णा, कबीर हों या हों तुलसी
सबने तुमको शीश नवाया
देवों से पहले गुरू पद में
सबने अपना ध्यान लगाया।।

दिनेश चन्द्र पाठक 'बशर'

आज नमन करता मैं उनको
जिनसे भी कुछ ज्ञान है पाया
हर शिक्षक को करता वंदन
जिसने भी मुझको अपनाया।।

स्त्री

स्त्री चाहती है प्रेम
किंतु स्वीकार नहीं कर पाती
और स्वीकार कर सकती है जहाँ से
वहाँ उसका मिलना दुर्लभ होता है।
क्योंकि वहाँ तो वह मात्र आवश्यकता सी प्रतीत होती है।।

स्त्री चाहती है कि कोई उसकी चिंता करे
वह चाहती है कि हो कोई
उसका भी ख़्याल रखे जो,
किंतु जिस से वह यह चाहती है
उसके लिए स्त्री है मात्र एक ज़िम्मेदारी।।

वह चाहती है किसी के सामने उन्मुक्त होकर रहना
किंतु भय होता है,
जिसके लिये उन्मुक्त होना चाहती है
कहीं वही चरित्रहीन ना समझ बैठे।।

स्त्री चाहती है कुछ नाज़-नख़रे दिखाना पर संशय है,
कहीं इसे त्रिया चरित्र का नाम ना दे दिया जाए।।

स्त्री चाहती है किसी के लिए जी भरकर शृंगार करना पर शंका है
कहीं कोई ताना विदीर्ण ना कर जाए हृदय को।।
स्त्री की ये सभी इच्छाएँ पूर्ण हो जाएँ

प्रायः कम ही होता है ऐसा
गिनती में होती हैं वे सौभाग्यशालिनी।।

ऐसा भी नहीं कि विकल्प नहीं होते स्त्री के पास
किंतु वह तिरोहित कर देती है इन्हें।
तिरोहित कर देती है परिवार और कुल के सम्मान के नाम पर
मर्यादा और संस्कार के वास्ते
और इन सबसे बढ़कर उसके लिए
जिसे वह फिर भी चाहती है टूटकर
मन, वचन और कर्म से।।

स्त्री और ईर्ष्या

स्त्री तू भली लगती है तब भी
जब भरी दीखती है ईर्ष्या से।।

तमतमाया चेहरा, फड़कते होंठ,
बेधती चितवन, कटीले वचन,
कथनी से विपरीत भाव,
तनाव प्रकट करता वदन।।

कभी खीझना, कभी उलझना
कभी रुदन का भाव है,
तेज छुरी से व्यंग्य वचन कभी
करते हृदय पर घाव हैं।।

पर सारी यह चेष्टा
गुप्त एक संदेश है,
कटु वचन में भी छुपा
उत्कट पावन प्रेम है।।

हर ताने में छुपा हुआ
तेरे मन का सार है,
तीखी इस मुखमुद्रा से भी
प्रकट तेरा अधिकार है।।

लेकिन तू है जीवनदाता
बात कहीं ये भुला ना देना
प्रेम जताने तक ये भली है
जीवन कोई जला ना देना।।

एक कवि

शख़्सियत मेरी इतनी सी
मुझे समझ में आई है,
शब्द मेरा आईना है और
कृलम मेरी परछाई है।।

शब्दों में भावों को ढाला
सुख-दुःख को महसूस किया
आँसू में घोले कुछ सपने
तब तस्वीर बनाई है।।

माँ का लाड़ पिता की मेहनत
जवाँ दिलों की कोई हसरत
गाती कामिनियों के स्वर से
ठुमरी कभी सजाई है।।

कहीं कला के सर्जन के स्वर
चलती छेनी, गढ़ते प्रस्तर
ज़ख़्मों के संग अरमानों की
महफ़िल रोज़ सजाई है।।

स्वप्न सुकोमल युवा हृदय के
जीवन के कभी अनुभव तीखे
दग्ध हृदय का ईंधन करके
होली कभी जलाई है।।

नव अंकुर के गीत सुनाता
हृदयों में विश्वास जगाता
कभी सम्हलता ठोकर खाता
जीवन अलख जगाई है।।

मैं कवि हूँ कर्तव्य ये मेरा
द्वार खुला हर भाव को मेरा
सबके सुख-दुःख को अपनाकर
सबसे प्रीत निभाई है।।

जानवर

अक्सर विज्ञापनों में दिख जाती हैं

अधनंगी देह प्रदर्शित करती युवतियाँ,

किसी न्यूज चैनल पर.........

या किसी चलचित्र को देखते हुए।।

अप्सराओं सी आकर्षक देह

अकूत सौन्दर्य की स्वामिनी,

मोहित हो जाती हैं...

किसी पुरुष के अण्डरवियर या परफ्यूम की खुशबू पर।।

ना चाहते हुए भी आँखें टिक जाती हैं उस कामुक देह पर

एक एहसास होता है.....

कि देह को दिखाने के लिये वस्त्रों का प्रयोग कितना चातुर्यपूर्ण है?

कभी मन भरमा जाता है...

क्यों ना ख़रीद लूँ यह परफ्यूम?

क्या पता कोई चमत्कार हो !!!

और कोई सुन्दरी न्यौछावर हो जाए मुझ पर भी....

तभी ध्यान आता है.....

अरे! मैं तो एक सभ्य पुरुष हूँ समाज का....

फिर अचानक क्यों मन डोलने लगा मेरा??

शायद.....

शायद मेरे भीतर भी कोई जानवर बँधा है...

आदर्शों की जंजीरों से...

तभी न्यूज चैनल पर ब्रेकिंग न्यूज चलती है...

चलती गाड़ी में नाबालिग लड़की से गैंगरेप।।

मैं हिन्दू मतवाला हूँ

तेज से तपती ज्वाला हूँ
सरल-शुद्ध मति वाला हूँ
क्षमा, शील औ न्याय का पोषक
मैं हिन्दू मतवाला हूँ।।

मैं वेदों श्रुतियों का धारक
मानवीय मूल्यों का पालक
ज्ञान औ तप की अलख जगाता
यज्ञ की पावन ज्वाला हूँ।।
मैं हिन्दू मतवाला हूँ।।

पृथु का तेज मैं भीष्म का प्रण हूँ
कुरुक्षेत्र का भीषण रण हूँ
सत्य औ धर्म को अभय जो देता
धर्मराज का भाला हूँ।।
मैं हिन्दू मतवाला हूँ।।

इंद्र का हठ में पवन की शक्ति
मैं हनुमत की अविचल भक्ति
मैं अन्याय से प्रतिपल लड़ता
राम परशु धनु वाला हूँ।।
मैं हिन्दू मतवाला हूँ।।

मर्यादा में राम सरीखा
सत्य का पालक हरिश्चंद्र सा
दुष्टों का मैं मर्दन करता
कृष्ण सुदर्शन वाला हूँ।।
मैं हिन्दू मतवाला हूँ।।

वीर शिवा सा शत्रु संहारक
शंकर जैसा धर्म प्रचारक
सुश्रुत, आर्यभट्ट का वंशज
शोध प्रवृत्ति वाला हूँ।।
मैं हिन्दू मतवाला हूँ।।

सर्वधर्म सद्भाव समर्थक
मैं बन्धुत्वभाव का प्रेरक
सब के हित का चिंतन करता
शुद्ध-बुद्ध मति वाला हूँ।।
मैं हिन्दू मतवाला हूँ।।

दिनेश चन्द्र पाठक 'बशर'

करते हम सब आज नमन

करते हम सब आज नमन
स्वातंत्र्यसमर के वीरों को
आन-बान के धनी अनोखे
भारत के रणधीरों को।।

बंग की पावन धरती से
संन्यासी तपबल जाग उठा
भक्तिमयी कण्ठों से अद्भुत
वीरोचित वह राग उठा।

विश्व समूचा हुआ था विस्मित
देख महान फकीरों को।।
आन-बान के धनी अनोखे
भारत के रणधीरों को।।

मंगल पाण्डे का विरोध स्वर
गूँजा फौजी नक्कारे पर
सन सत्तावन अमर हो उठा
बलिदानी स्वर्णिम पन्नों पर।

गायेगा इतिहास तुम्हारी
ओजस्वी तकरीरों को।।
आन-बान के धनी अनोखे
भारत के रणधीरों को।।

तात्या टोपे, नाना साहब,
वीर कुँवरसिंह अभिमानी
खड्ग उठाती चेनम्मा और
लक्ष्मीबाई सी रानी।

नमन करें उन शौर्य की प्रकट
प्रतिमूर्ति शमशीरों को।।
आन-बान के धनी अनोखे
भारत के रणधीरों को।।

लाल-बाल और पाल सरीखे
इधर अहिंसक गाँधी जी से
करें प्राण न्यौछावर हँसकर
खाँ अशफाक़ औ भगत सिंह से।

कई अनोखे अन्जाने से
भारत माँ के सपूत हुए
इस गाथा में नाम भी जिनके
इतिहास से छूट गए।

श्रद्धा के यह पुष्प समर्पित
उन अज्ञात सुवीरों को।।
आन-बान के धनी अनोखे
भारत के रणधीरों को।।

दिनेश चन्द्र पाठक 'बशर'

भारत की पहचान है हिंदी

भारत की पहचान है हिंदी
हम सबका अभिमान है हिंदी
तेरी हिंदी मेरी हिंदी
पूरा हिंदुस्तान है हिंदी।।

माँ की मधुर सुरीली लोरी
ये बहना की मीठी बोली
चिंता भरी पिता की झिड़की
भावों की पहचान है हिंदी।।

गुरू का चिंतन उनका प्रवचन
श्रद्धा शिष्य की प्रेरित तन-मन
अमृतमयी ज्ञान की गागर
कवियों का शृंगार है हिंदी।।

एक सूत्र में देश पिरोती
ज्यूँ माला में दुर्लभ मोती
भाव एकता का दर्शाती
नवयुग का आह्वान है हिंदी।।

हिंदी भूषण, हिंदी दिनकर
पंत, निराला ये जयशंकर
सुभद्रा और शिवानी का प्रण
हम सबका सम्मान है हिंदी।।

दिनेश चन्द्र पाठक 'बशर'

बड़ी बहन सब भाषाओं की
ये संवाहक आशाओं की
मन के भावों की ये वाचक
भारत की पहचान है हिंदी।।

गाँधी जी तुम आकर देखो भारत माता रोती है

लोकतंत्र में लोक के नाम पे तंत्र की हत्या होती है
गाँधी जी तुम आकर देखो भारत माता रोती है।।

आज़ादी के साथ देश का बँटवारा यूँ हमें मिला
नहीं आजतक जान सके कि किन लोगों ने हमें छला।।
प्रश्न यदि हम पूछें महापुरुषों की निंदा होती है
गाँधी जी तुम आकर देखो भारत माता रोती है।।

ट्रेनों में भर-भरकर आई जाने कितनी ही लाशें
अपने हिस्से में आई बस शांति-अहिंसा की बातें
पूछ रहा था जनमानस कि शांति की हद क्या होती है?
गाँधी जी तुम आकर देखो भारत माता रोती है।।

रामराज्य का सपना देकर जिनको तुमने राज दिया
उनके वंशज ने काल्पनिक श्रीराम का जन्म कहा
कहो ये देख तुम्हारी आँखें हँसती हैं या रोती हैं?
गाँधी जी तुम आकर देखो भारत माता रोती है।।

हत्याएँ भी धर्म के चश्मे से अब देखी जाती हैं
जाति देखकर मीडिया भी तो ख़बरें आज चलाती है
आधी रात को आतंकी की अब सुनवाई होती है
गाँधी जी तुम आकर देखो भारत माता रोती है।।

अभिव्यक्ति के नाम आज तो सैनिक कोसे जाते हैं
विद्या के मंदिर में देशविरोधी शोर मचाते हैं
लड़ें ग़ैर से या अपनों से फ़ौज भी हतप्रभ होती है
गाँधी जी तुम आकर देखो भारत माता रोती है।।

लोकतंत्र के मंदिर को रणभूमि बनते देखा है
संसद में आधे लोगों को हमने सोते देखा है
भूखी जनता सर पर अपने इनके खर्चे ढोती है
गाँधी जी तुम आकर देखो भारत माता रोती है।।

उतर स्वर्ग से तुम आओ तो दृश्य वही फिर देखोगे
धर्म के नाम पे आज पुनः तुम बँटता भारत देखोगे
त्रुटि कहाँ पर हुई बताओ कौन देश का दोषी है?
गाँधी जी तुम आकर देखो भारत माता रोती है।।

प्रेरणा

इस हँसते चेहरे की आभा
कितने दुःख हर लेती है
थके, हताश, बेकल मन को ये
प्रेम का संबल देती है।।

प्रकृति का हर रंग मनोहर
न्यौछावर तुम पर कर दूँ
निश्छल सी मुस्कान तुम्हारी
बरबस मन हर लेती है।।

अधरों की स्मित सी थिरकन
रक्तिम से कपोल की रंगत
जीवन रण की मरूभूमि में
जीवन रस भर देती है।।

चल-चितवन के भाव मनोहर
धवल दंत पँक्ति अति सुंदर
जलतरंग के स्वर सी वाणी
नीरवता हर लेती है।।

क्या कोयल की मीठी वाणी
क्या बुलबुल की तान सुहानी
मृदु मोहक मुस्कान तुम्हारी
प्रेरणा सबको देती है।।

पहला परिचय

सुनो!
तुमसे यूँ ही बातें करना अच्छा लगा,
बोला कम, तौला ज्यादा, पर अच्छा लगा।।

नया-नया सा परिचय और नई-नई सी बात,
शब्द कुछ अटकते से, इठलाते जज़्बात।
कुछ कही कुछ रह गई मन में मन की बात,
फिर भी मन कहता है कि जो भी हुआ अच्छा लगा।।

अद्भुत सा रोमांच वह दूरी में निकटता का,
वाह्य जगत से हटकर कुछ, तुम में ही सिमटता सा।
कस्तूरी मृग की तरह, सर्वत्र दिग-दिगन्त में,
एक तुम्हारे रूप को खोजना अच्छा लगा।।

कनखियों से देखना, तुम्हारे गर्वित रूप को,
उस में ही निहारता, प्रकृति के प्रतिरूप को।
ईश्वर की रचना अनूप तुम्हारे इस अस्तित्व में,
खुद का ही अस्तित्व भूलना, जाने क्यों अच्छा लगा।।

हृदय में अपने बसा तो लूँ

हृदय में अपने बसा तो लूँ
तुझको जीवन बना तो लूँ
फिर सोचता हूँ ठहर खुद को
क़ाबिल तेरे बना तो लूँ।।

अन्नपूर्णा सी तुम दानी
मैं अपने बल का अभिमानी
मैं मरघट में व्यर्थ डोलता
तुम बंसी की तान सुहानी
दग्ध हृदय के इस मरघट में
सुर औ ताल सजा तो लूँ
क़ाबिल खुद को बना तो लूँ।।

तुम जीवन में प्रेम घोलती
मैं बस भोग-विलास का प्यासा
मैं अधिकार का प्रश्न उठाता
तुम हो समर्पण की परिभाषा
ठहर तनिक हे प्रेम की देवी!
निर्मल हृदय बना तो लूँ
क़ाबिल खुद को बना तो लूँ।।

जग का तू है प्राण हे नारी!
तू ही सर्जन की अधिकारी
मैं नर रूप में सदा ही याचक
तू दात्री तू ही कल्याणी
प्रेम, समर्पण से गुण तेरे
तनिक हृदय में बसा तो लूँ
क़ाबिल खुद को बना तो लूँ।।

सखी तुम्हारा रूप है ऐसा

सखी तुम्हारा रूप है ऐसा
जैसे आम की मीठी छाया
ज्यूँ जाड़ों की धूप गुनगुनी
या जैसे मधुमास हो आया।।

मलयांचल की तुम सुगंध प्रिय
पुण्यराशि हो जन्मों की
मुझ अकिंचन निर्धन की प्रिय
मात्र तुम्हीं संचित माया।।

तुम्हीं कर्म औ तुम्हीं कर्मफल
तुम्हीं ज्ञान औ तुम्हीं मोक्षपद
प्रेमयज्ञ चल रहा निरंतर
नाम का तेरे मंत्र बनाया।।

साधन तुम औ तुम्हीं साधना
तुम्हीं पुण्यफल तुम्हीं अर्चना
ईष्ट तुम्हीं औ तुम्हीं तपस्या
प्रेम में मेरे ब्रह्म समाया।।

लिक्खूँ क्या सौंदर्य तुम्हारा

लिक्खूँ क्या सौंदर्य तुम्हारा
चूके शब्द, चकित मन हारा
प्रिये कहाँ से शब्द वो लाऊँ
बरनै जो मृदु रूप तुम्हारा।।

कौन से छंद में तुमको बाँधूँ
तुम्हें कहो मैं क्या उपमा दूँ
अलंकार वो कौन सा होगा
व्यक्त करे जो रूप तुम्हारा।।

प्रेरणा तुम गीतों-ग़ज़लों की
तुम कारण अगणित भावों की
किंतु कहो वह भाव क्या होगा
जिसमें सिमटे रूप तुम्हारा।।

करूँ हृदय से तेरा अर्चन
या मस्तिष्क का लूँ आलम्बन
कहो प्रिये वह विधि क्या होगी
पूजे दिव्य जो रूप तुम्हारा।।

तुमको काव्य में कैसे ढालूँ
कैसे तेरा बिम्ब उतारूँ
तनिक कहो किस तरह बखानूँ
मेरा प्रेम औ रूप तुम्हारा।।

दिनेश चन्द्र पाठक 'बशर'

प्रेम की तुम परिभाषा हो

प्रेम की तुम परिभाषा हो
जीवन की अभिलाषा हो
सहमति का संकोच प्रिये
चंचल नैनों की भाषा हो।।

हृदय का तुम पहला स्पंदन
करती रोमांचित तन औ मन
चोरी से तकते नयनों का
दुर्लभ, इच्छित, प्रथम लक्ष्य तुम।।

जगती रातों का चिंतन तुम
प्रातःकाल का मधुर स्वप्न तुम
तुम अलसाती सी अँगड़ाई
मधुर मिलन का आलिंगन तुम।।

खिड़की पर आने का कारण
गलियों की उत्तेजक भटकन
टेढ़ी नज़रें उड़ती बातें
प्रतिफल मात्र तुम्हारा दर्शन।।

प्रेम का आवाहन स्वीकारो
भाव समर्पण मन में धारो
प्रेमगीत से चहुँ दिसि गुंजित
प्रिये! प्रेम का स्वर उच्चारो।।

प्रिये तनिक आ जाओ ना

मधुमास की वासंती ऋतु बनकर तुम आ जाओ ना
मलयांचल की सुरभि सरस बनकर मन पर छा जाओ ना।
प्रिये तनिक आ जाओ ना।।

विचर रहा हूँ चंद्र सरिस सखि, भावलोक में एकाकी,
प्रेम बदरिया बनकर तुम भी, आलिंगन कर जाओ ना।
प्रिये तनिक आ जाओ ना।।

मद से भरी सृष्टि का नर्तन, खगकुल के मृदु प्रणय का क्रंदन,
सुरभित वायु हृदय जलाती, तुम शीतल कर जाओ ना।
प्रिये तनिक आ जाओ ना।।

लतिकाएँ लिपटी वृक्षों पर, भ्रमरों का गुँजन पुष्पों पर,
प्रेम का सब आमंत्रण देते, तुम भी कुछ बतलाओ ना।
प्रिये तनिक आ जाओ ना।।

हिंसा पशुओं ने भी त्यागी, हुए परस्पर सब अनुरागी,
कोमल पुष्प मसल भावों के, निष्ठुरता दिखलाओ ना।
प्रिये तनिक आ जाओ ना।।

प्रेम की ऋतु बनकर रति आई, हर मन पर छाई तरुणाई,
झूठ-मूठ की इन बातों से, मन के भाव छिपाओ ना।
प्रिये तनिक आ जाओ ना।।

मेरे मन का इच्छित वर तुम, रूप से दीपित रश्मि प्रखर तुम,
दिव्य प्रेम की ज्योतित किरणें, मुझ पर भी बरसाओ ना।
प्रिये तनिक आ जाओ ना।।

पास मेरे तुम आ जाना

जब हो मन में द्वन्द बहुत तो पास मेरे तुम आ जाना
जब देखो छल–छन्द बहुत तो पास मेरे तुम आ जाना।।
जब अपनों का घात सताए पास मेरे तुम आ जाना
कभी जो कोई हृदय दुखाए पास मेरे तुम आ जाना।।

जब हो प्रेम उमड़ता मन में पास मेरे तुम आ जाना
भाव जो छुपते ना हों मन में पास मेरे तुम आ जाना।।
नयन तुम्हारे लक्ष्य जो ढूँढें पास मेरे तुम आ जाना
कभी जो मीठे स्वप्न ये गूँथें पास मेरे तुम आ जाना।।

जो वसंत उद्वेग जगाए पास मेरे तुम आ जाना
कोयल कोई गीत सुनाए पास मेरे तुम आ जाना।।
जो समझो संकेत भँवर का पास मेरे तुम आ जाना
जो मचले ये राग अधर का पास मेरे तुम आ जाना।।

कभी पुण्य का निश्चय जागे पास मेरे तुम आ जाना
शुभकर्मों को कर के आगे पास मेरे तुम आ जाना।।
स्वर जो कोई दीन बुलाए पास मेरे तुम आ जाना
पर उपकार का भाव जगाए पास मेरे तुम आ जाना।।

निराकार जब मन में जागे पास मेरे तुम आ जाना
निर्विकार हों मन के धागे पास मेरे तुम आ जाना।।
ज्योतित हो जब दीप धर्म का पास मेरे तुम आ जाना
ले अवलम्बन श्रेष्ठकर्म का पास मेरे तुम आ जाना।।

कोई क्षण या भाव कोई हो पास मेरे तुम आ जाना
हास्य हो या फिर घाव कोई हो पास मेरे तुम आ जाना।।
हो भीगी श्रृंगार में या वैराग्य ही बनकर आ जाना
सुनो प्रिये जन्मों-जन्मों का भाग्य ही बनकर आ जाना।।

दिनेश चन्द्र पाठक 'बशर'

ऐसा भी इक बार करो

लाज के बंधन तोड़ के सारे
ऐसा भी इक बार करो
प्रेम का मैं आमंत्रण दूँ तुम
सहज उसे स्वीकार करो।।

अधर चुराते अधरों का रस,
पास आते तन होकर बेबस
प्रेमातुर व्यवहार करो।।
ऐसा भी इक बार करो।।

ना संकोच हो कोई मन में
मात्र समर्पण हो जीवन में
व्यक्त सभी उद्गार करो
ऐसा भी इक बार करो।।

तुम माँगो बाँहों का बंधन
प्रेमऋतु का हो अभिनंदन
आलिंगन शत बार करो।।
ऐसा भी इक बार करो।।

जब हो प्रेमाशक्ति चरम पर
मैं अधिकार करूँ जो तुम पर
तुम ना कोई प्रतिकार करो।।
ऐसा भी इक बार करो।।

पहले तुम जो मिल जाती

मेरे जीवन का सूना पथ
कटता यूँ ना एकाकी
पहले तुम जो मिल जाती।।
मेरे बेकल मन का मरघट
बनता मंदिर की बाती
पहले तुम जो मिल जाती।।

मेरे मन की अंतरपीड़ा
भाग्य की दुष्कर भ्रामक क्रीड़ा
मुझको यूँ ना भरमाती
पहले तुम जो मिल जाती।।

वह कटाक्ष करना अपनों का
बन के बिखर जाना सपनों का
नियति मुझे ना तड़पाती
पहले तुम जो मिल जाती।।

तारे गिनकर कटती रातें
शून्य में खोकर की जो बातें
गीत प्रेम का बन जाती
पहले तुम जो मिल जाती।।

जीवन के वो अगणित पल-छिन
बीत गए जो सावन के दिन
पावस ऋतु मधु बरसाती
पहले तुम जो मिल जाती।।

दोष भला अब दूँ भी किस को
भाग्य को या अपने पौरुष को
कसक नहीं यह रह जाती
पहले तुम जो मिल जाती।।

दिनेश चन्द्र पाठक 'बशर'

मन का भीषण समर ना देखा

मन का भीषण समर ना देखा
भाग्य का मेरे भँवर ना देखा,
अपना कहलाने वालों ने
हृदय का सूना घर ना देखा।।

बाल्यकाल का हठ ना जाना
ना यौवन का स्वप्न ही जाना,
मेरे सीमित साधन से जो
कुछ था बाहर, उधर ना देखा।।

जीवन ने जितना अपनाया
मैंने उतना हाथ बढ़ाया,
खुलकर जो ना गले लगाये
कभी भी मैंने उधर ना देखा।।

अश्रुडोर से छाले सीता
स्वयं की आशाओं को पीता,
विरुदावली गाने वालों ने
कंटकपथ का कृहर ना देखा।।

छुपा हास्य में रुदन ना देखा
भावों का क्रंदन ना देखा,
शिखरों के अनुरागी थे सब
हीनता का गह्वर ना देखा।।

जब मैं मुक्त हुआ जीवन से
आशाओं के हर बंधन से,
तुमने उस से पहले मेरे
मन में होता ग़दर ना देखा।।

जीवन संघर्षों की गाथा
आज स्वयं पर है इठलाता,
तुमने विपदाओं के क्षण में
इसका भीगा स्वर ना देखा।।

उदित हो रहा सूर्य ही देखा
बजता जय का तूर्य ही देखा,
तुमने षड्यंत्रों में लिपटा
कालरात्रि का प्रहर ना देखा।।

विजय पे विस्मित होने वालों
जय से मेरी कुढ़ने वालों,
श्रम में मेरा तिल-तिल जलता
तुमने तृषित अधर ना देखा।।

नारी तू ही महान है

तुम प्रभात की अर्चना, तुम आरती का दीप हो
भोर की पहली किरण तुम, परम पावन प्रीति हो।।
सुरभि ऊषाकाल की तुम, सृष्टि में रस घोलती
वेद की पावन श्रुति, प्रज्ञा के बंधन खोलती।।

हो स्मृति सुख के समय की, कल्पना एकांत की
सूर्यरश्मि सी प्रखर तुम, रजनी जैसी शांत भी।।
तुम शिवानी, अन्नपूर्णा, मंगलों की खान हो
मंत्र गायत्री स्वयं तुम, ईश का वरदान हो।।

हो विनीता शारदा सी, तेज में दुर्गा महा
लक्ष्मी सी ऐश्वर्यशालिनी, धैर्य में पावन धरा।।
तुम ही मन की चेतना, तुम ईश की माया प्रबल
गंगा, यमुना, नर्मदा तुम, पुण्य की राशि सजल।।

इंदु सी अमृत लुटाती, बाँटती संजीवनी
तुम प्रभा की ओस बिंदु, साम की पावन ध्वनि।।
तुम ही प्रेमी की प्रिया, तुम ही कवि की प्रेरणा
भक्त की पूजा तुम्हीं, तुम संत की हो साधना।।

मन की कोमल भावना, तुम स्वप्न का विस्तार हो
तृप्ति तुम उपकार की, भक्ति का पारावार हो।।
नाम हर इक तेरे गुण का ही स्वयं ही बखान है
पूर्ण नर को करने वाली, नारी तू ही महान है।।

दिनेश चन्द्र पाठक 'बशर'

कामकाजी औरत

कैसी होती है कामकाजी औरत
कभी देखा है?
कितना जी पाती है जीवन
कभी सोचा है?

घर और दफ़्तर
दो हिस्सों में बँटी देह और दिमाग़
संतुलन बनाने को
किसी कुशल नटी सा अनंत प्रयास।
दो स्थान, दो ज़िम्मेदारियाँ
उलाहने भी दोनों जगहों से।।

किंतु जीवन???
सच कहें तो एक भी नहीं।
किसी चकरघिन्नी की तरह
नाचती सुबह से शाम
हफ़्ते का इतवार भी
दे सका कहाँ आराम?

फिर भी खुश रहने के
कुछ बहाने चुरा लेती है
साथ पति के हँसती है
बच्चों के संग गा लेती है।।

संतुष्ट करती मन को
कि आज का उसका श्रम
बच्चों का कल बनाएगा
अकेला पति बेचारा
आख़िर कितना कर पाएगा?

किंतु भेद देता है कोई ताना अक्सर
जब कुछ अलग वो चाहती है
देखो दर्प में खोई है
क्योंकि ये कमाती है।।

तड़प उठता अंतर्मन ऐसे
मानो हृदय निचोड़ा हो
जैसे जीवन भर के तप पर
मारा कोई हथौड़ा हो।।

कामकाजी शब्द भी यूँ तो
नारी की ज्यूँ खिल्ली हो
लगता जैसे घरेलू महिला
घर में बैठी निठल्ली हो।।

नारी तेरा जीवन जैसे
तरू की कोमल छाया है
किंतु भाग्य में तेरे फिर भी
सूर्य का ताप ही आया है।।

दिनेश चन्द्र पाठक 'बशर'

कितना साथ निभाओगे तुम

कितना साथ निभाओगे तुम
कैसा साथ निभाओगे?
क्या तुम यह बतलाओगे प्रिय
कैसा साथ निभाओगे?

होंगी नित मनुहार की बातें
प्रेम और श्रृंगार की बातें
रुष्ट यदि मैं हुई कभी तो
कटुक वचन सह पाओगे?
प्रिय कैसा साथ निभाओगे?

झाँक सकोगे मन के भीतर
अगणित भाव समर्पित तुम पर
पढ़ पाओगे मन को या फिर
देह में ही बँध जाओगे?
प्रिय कैसा साथ निभाओगे?

जीवन के विघ्नों में फँसकर
व्यथित हुई जो मैं झुँझलाकर
कहो कि अपने मृदु वचनों से
ढाढस मुझे बँधाओगे?
प्रिय कैसा साथ निभाओगे?

हो जाऊँ जो तुम्हें समर्पित
मन मेरा होता है शंकित
ये तो नहीं कि प्रेम पे मेरे
लांछन कभी लगाओगे?
प्रिय कैसा साथ निभाओगे?

हो इच्छित जो मेरा समर्पण
कहो कि इस जीवन के पथ पर
मैं बन जाऊँ राधा पर तुम
योगेश्वर बन पाओगे?
प्रिय कैसा साथ निभाओगे?

धूप छितराने लगी है

धूप छितराने लगी है सुबह की पानी में
हुस्न फूलों का निखरने लगा जवानी में
बंसी बजने लगी झुरमुट में बाँस की सुनिये
है नदी बहने लगी अपनी ही रवानी में।।

तेरे होंठों सी आसमां की सुर्ख़ रंगत है
फूल चटखे हैं कि तेरे क़दम की आहट है
तेरे माथे के पसीने सी ओस सुबह की
फूल पत्तों की भीगती हुई पेशानी पे।।

धान की बालियाँ लहराती हैं ज़ुल्फों की तरह
हँस दिया सारा ही मंजर तेरी आँखों की तरह
तेरे गालों सा दहकता हुआ सूरज है अभी
है तेरे ज़िस्म की ख़ुशबू नदी के पानी में।।
है तेरे छूने का एहसास अभी तक बाक़ी
होंठ पे रह गई इक प्यास अभी तक बाक़ी
सलवटें सेज पे अबतक पड़ी हैं बिखरी सी
है असर तेरा अभी तक भी रातरानी पे।।

तू हक़ीक़त है कि सपना है मेरी चाहत का
या सिला है तू मेरी लाज़वाब हिम्मत का
कि ख़ुदा ने ही "बशर" मान ली ज़िद यूँ मेरी
कोई माँ हँस दे अपने बच्चे की नादानी पे।।

दिनेश चन्द्र पाठक 'बशर'

आज चलो फिर घूम के आएँ

आज चलो फिर घूम के आएँ
उसकी गली को चूम के आएँ
लोगों की टेढ़ी नज़रों में
फिर चढ़ बैठें, धूम मचाएँ।।
आज चलो फिर घूम के आएँ।।

उसकी खिड़की को हम ताकें
नज़रें मिलते ही हों बातें
नज़र बचाकर फिर घर भर की
वो वादे में फूल गिराएँ।।
आज चलो फिर घूम के आएँ।।

यारों के संग उसकी बातें
आँखों में ही कटती रातें
घेरे सुबह नींद जो मीठी
सपनों में उसके खो जाएँ।।

रक्तवाहिनी का स्पंदन
हृदय की धक-धक उत्तेजित मन
देख के उसको चेहरा खिलना
फिर भी अपने भाव छुपाएँ।।

लोग करें फिर कानाफूसी
थोड़ी सच्ची, थोड़ी झूठी
उनके नाम से रुसवा हो हम
थोड़ा झिझकें, कुछ मुस्काएँ।।
आज चलो फिर घूम के आएँ।।

प्रेमगीत मैं कैसे गाऊँ

प्रेमगीत मैं कैसे गाऊँ
सत्य कहो कैसे झुठलाऊँ?
कैसे वासना के ताण्डव को
महामिलन का रास बताऊँ?

भय से चुप हाथों की चूड़ी
हुए सशंकित काजल-रोली
ऋषि के घर भी रावण जन्मे
बोलो किस पर दोष लगाऊँ?

पिता से पुत्री भी है शंकित
हो गई माँ की गोद कलंकित
गुरू की हो गई गरिमा लज्जित
किसको मैं आदर्श बनाऊँ?

वस्त्र जो थे लज्जा के सहचर
देह प्रदर्शन के अब साधन
कृष्ण सोचते कैसे मैं भी
इस कलयुग में चीर बढ़ाऊँ?

प्रेम-समर्पण खड़े अचम्भित
समय के फेर में हुए तिरोहित
कहो विधाता किस तरह मैं
यशोगान अब प्रेम का गाऊँ?

दिनेश चन्द्र पाठक 'बशर'

समय का पहिया

समय का पहिया ऐसा घूमा
मानो हमसे रूठ गया,
गलियों में वो धूम मचाता
भोला बचपन छूट गया।।

राजा-रानी की वो कहानी
कहती अक्सर दादी-नानी
शहज़ादा घोड़े पर आकर
कितनों के दिल लूट गया।।

टूटी चूड़ी के वो टुकड़े
गुड्डे-गुड़िया मोहक मुखड़े
रंग-बिरंगे प्यारे फूलों
का गुलदस्ता सूख गया।।

मैदानों में खुले-खुले से
खेल खेलना नये-नये से
कन्चे, गिल्ली-डंडा छूटे
मिट्टी का घर टूट गया।।

मेघों का वो खूब बरसना
गीली मिट्टी पे वो रपटना
देखने वालों के होठों से
हँसी का झरना फूट गया।।

कभी दौड़ते सरपट-सरपट
छुपम-छुपाई खेलें नटखट
पतंग लूटता छोटू देखो
किसकी छत पर कूद गया।।

इक-दूजे को खूब छकाना
लड़ते-लड़ते फिर मिल जाना
मारा छक्का गेंद खो गई
मोटू भाई रूठ गया।।

आज हैं मोबाइल कम्प्यूटर
लेकिन हैं ये किस कीमत पर
कितना कुछ ऐ मेरे बच्चों!
जीने से है छूट गया।।

बच्चों मेरी गली में आओ

बच्चों मेरी गली में आओ
खेलो-कूदो धूम मचाओ
गौरैया बुलबुल से चहको
सूनेपन को दूर भगाओ।।

गुड्डा-गुड़िया के बाराती
बन जाओ सब संगी-साथी
मुन्नी ठुमक-ठुमक कर नाचो
बबलू ढोल पे ताल बजाओ।।

गिल्ली-डण्डा, छुपम-छुपाई
खौ-खौ और पकड़म-पकड़ाई
सब मिलजुल के कबड्डी खेलें
जी भरकर तुम उधम मचाओ।।

खेल-खेल में लड़-भिड़ जाना
रूठना थोड़ा और मनाना
बाग़ी तेवर आँख दिखाना
यार चलो अब मान भी जाओ।।

खेल स्वस्थ जीवन का साधन
चित्त प्रफुल्लित, पुलकित तन-मन
घर से बाहर निकलो आओ
नया चलो उत्साह जगाओ।।

दिनेश चन्द्र पाठक 'बशर'

काँधों पर हम बस्ता टाँगे

काँधों पर हम बस्ता टाँगे
हाथों में ले हाथ चलें।
विद्या के मंदिर को आओ
सारे साथी साथ चलें।।

मन में भर उत्साह चलें हम
मुख पर ले मुस्कान चलें।
हँसी-ठिठोली से करते हम
नवयुग का आह्वान चलें।।

गुरूजनों के आदर का हो
भाव निरंतर हर मन में।
विद्या अर्जन लक्ष्य बनाकर
शारदे माँ के द्वार चलें।।

पुस्तक हो या दिन का भोजन
सभी व्यवस्था सरकारी।
पहने हम गणवेश व्यवस्थित
मन में रख संस्कार चलें।।

सब विषयों का करें मनन हम
चिंतनवृत्ति अपनाएँ।
हों प्रतिप्रश्न परस्पर सबसे
तर्क-वितर्क हजार चलें।।

दिनेश चन्द्र पाठक 'बशर'

विद्या से मन-बुद्धि परिष्कृत
करने गुरू के पास चलें।
कल के युग का रखने को हम
सुदृढ़ सा आधार चलें।।

बारिश

बारिश की गिरती ये बूँदें
देती हैं कुछ मादक सा एहसास
सोचो तो……
कैसी लगती हैं ये गिरती बूँदें???

पहला ध्यान आता है गर्मी से झुलसते लोगों का
जो आतुर होकर कर रहे थे प्रतीक्षा
कि कब एक ठण्डी फुहार बरस जाए
और हर ले रोष सूर्यदेव का
एक माँ के स्नेह की तरह।
हाँ…… शायद यही लगता होगा उन्हें…
जैसे पिता के क्रोध की गर्मी को शान्त कर दे एक माँ
अपने मृदु वचनों से।
लगता है ना ऐसा ही??

हे अन्नदाता!
तुम भी तो इसी प्रतीक्षा में थे ना?
रोज़ टकटकी लगाए देखते थे
उमड़ते-घुमड़ते बादलों को।
लो अब बरस गए हैं ये तुम्हारे घर-आँगन और खेतों में।
बताओ ना…… कैसा लगता है अब?
जरा हमसे भी साझा करो अपनी प्रसन्नता, अपनी आशाएँ
मुँहमाँगा वर जो मिल गया है तुम्हें।।

मन तो करता है
पूछूँ इन मोर के झुण्डों से भी
कि क्यों मग्न हो नृत्यरत अविरत?
किंतु इनकी तो भाव-भंगिमाएँ ही बहुत कुछ बतला रही हैं।।

यदि मुझसे पूछो कि मुझे क्या लगता है....
सच कहूँ तो यूँ लगता है
जैसे अँगुलियाँ थिरक रही हों ज़ाकिर हुसैन की
तबले की चाँटी पर
जिसे सुनते ही मुँह से अकस्मात् निकल पड़े
वाह उस्ताद वाह!!!

तुम मिली यूँ अकस्मात्

तुम मिली यूँ अकस्मात्
जीवन के झंझावातों में
पूर्णचंद्र ज्यूँ प्रकट हो नभ,
अँधियारी-काली रातों में।।

नहा गया था क्षणिक तेज से
मेरा तन-मन मेरा जीवन
खिल गया था अस्तित्व यूँ जैसे
पुष्पऋतु में खिलते उपवन।।

स्वप्न सजे कितने ही न्यारे
प्रतिबंधों के टूटे ताले
भेद निराशा के घन तम को
हुए प्रस्फुटित दिव्य उजाले।।

सोचा अब ना होगी दूरी
साध ये मन की होगी पूरी
महामिलन का रास सजेगा
नहीं साधना रहे अधूरी।।

किंतु रहे विपरीत सर्वदा
ईश मेरे इस भाग्य से
आया बादल इक संशय का
छाया मन पर चंद्र के।।

फिर मैं था और भाग्य था मेरा
इक-दूजे को सहलाते
देख रहे थे दूर चंद्र को
बादल के पीछे जाते।।

विधाता इक उपहार दे

बुझी हुई सी आँखों में
नैराश्य भाव की बातों में
कांतिहीन कपोलों पर
डर से ठिठके बोलों पर
बल खाती पेशानी पर
इस निस्तेज जवानी पर
संशययुक्त भृकुटियों पर
मुट्ठी भींचे जीवों पर
भूखे-नंगे शिशुओं पर
बेबस माँ की चीखों पर
हाड़ बची इन देहों पर
इन अशक्त से पैरों पर
इन कम्पित से हाथों पर
अल्परक्त की गातों पर
मरे हुए इन सपनों पर
निरुद्देश्य से कर्मों पर
अपनी करुणा वार दे
विधाता इक उपहार दे
आशा का अमृत भर दे
उन्मुक्त हँसी का तू वर दे।।

मंगल कामना

टूटती सी देह को थोड़ा आराम दे
बच्चों के मुख पे मीठी मुस्कान दे।
कुछ और चमके वो माथे की बिंदिया
पगड़ी को सर की कुछ और शान दे।।

भुजाओं में बल दे, शक्ति प्रबल दे
विश्वास इक-दूसरे पे अचल दे।
हो भाव छोटों में विनम्रता का
घर के बड़ों को सर्वत्र मान दे।।

सबको मिले माँ की ममता का आँचल
बचपन किसी का ना भटके सड़क पर।
जग में कोई गोद सूनी रहे ना
निर्जीव सपनों को अमृत का दान दे।।

अर्थी में बदले नहीं कोई डोली
जले ना सुकोमल से सपनों की होली
वर को ना तोले यूँ रुपयों में कोई
हर नवयुगल को सपनों का दान दे।।

विद्या का अर्जन सभी का व्यसन हो
सोचें नया और नया कुछ सृजन हो
चाणक्य से स्वाभिमानी गुरू दे
शिष्य पराक्रमी चंद्रगुप्त समान दे।।

हो सृष्टि में शुभ, हो सर्वत्र पावन
अनुकूल हों सब, हो हृदयों में रंजन
सभी प्रेम बाँटें परस्पर सभी को
विधाता मेरे कोई ऐसा विधान दे।।

बिन जिए लम्हे

बिन जिये ऐसे भी
कुछ लम्हे होते हैं
जो हमारी ज़िंदग़ी में
शामिल नहीं होते हैं।।
छोड़ देते हैं हम जिनको
अक्सर कुछ सोच कर
दिल ही दिल में मगर
ताउम्र रोते हैं।।

डर कभी समाज का
अंजानी कोई झिझक
अलिखित नियम कोई
कितने बंधन होते हैं।।

बोझ कोई जिम्मेदारी का
किसी को दिया गया वचन
खुद के ही अरमानों के हम
खुद ही क़ातिल होते हैं।।

आशा ना ही कोई दिलासा
ना ही साझेदार कोई
उन लम्हों की लाश स्वयं ही
उम्रभर हम ढोते हैं।।

इतनी सी रहमत रखना

या खुदा मुझ पे फ़ख़त इतनी सी सहमत रखना
ख़्वाब कुछ आँखों में कुछ करने की चाहत रखना।।

मुझसे गुलज़ार हो उम्मीद मेरे अपनों की
मेरा किरदार जहां में तू मुकम्मल रखना।।

हौसला देना कि हर ख़्वाब को सच कर पाऊँ
दिल में जज़्बात का कुछ ऐसा समंदर रखना।।

हों मेरे ख़्वाब मेरी सोच वतन की ख़ातिर
तू मेरे ज़ेहन को हर हाल में रोशन रखना।।

कुछ नये ख़्वाब हों हर आँख के सरमाये में
तू सभी का भरा उम्मीद से दामन रखना।।

दिनेश चन्द्र पाठक 'बशर'

बदरंग सा शहर

चिड़ियों के गीत न गुलों में रंग है
अरमानों का शहर क्यों बदरंग है?
जहरीली हवाएँ मैला पानी
गली दिलों की कितनी तंग है?

हरी दूब ना रात की रानी
ना गाँवों की भोर सुहानी
दौड़ता जीवन ठहरा पानी
उड़ा-उड़ा चेहरों का रंग है।।

दादी-नानी की वो कहानी
बच्चों ने ना सुनी ना जानी
लोरी की तो बात ना पूछो
जहाँ भी देखो बस हुड़दंग है।।

राम-कृष्ण अब लगें काल्पनिक
भविष्य देश का स्वयं ही भ्रमित
अपनी संस्कृति से कट बैठे
बॉलीवुड जीवन का अंग है।।

कुछ सोचो क्या भूल हो गई
खुशी जीवन की कहाँ खो गई
वो जीवन जो जुड़ा ना जड़ से
समझो बस इक कटी पतंग है।।

विफल तुम्हारे वार करता हूँ

विफल तुम्हारे वार करता हूँ
बारी का अपनी इंतज़ार करता हूँ।।

हाकिम तुम और जनता मैं
पाँचवें साल कमाल करता हूँ।।

रावण से बहु शीश तुम्हारे
अग्निबाण सा प्रहार करता हूँ।।

माँ भारती का ले आशीष अब
शब्दों पे नई धार धरता हूँ।।

रगों में ज़हर अब उतरने लगा है

रगों में ज़हर अब उतरने लगा है
ये मुल्क मेरा बिखरने लगा है।।

धरम–जात के इन बखेड़ों में देखो
इंसान भी कितना गिरने लगा है।।

हुआ दूध शर्मिंदा माँओं का हाए!
दिल बच्चियों का भी डरने लगा है।।

मारे गए लोग सड़कों पे कितने
कानून से अब जी भरने लगा है।।

दहशत का डेरा दिलों में है ऐसा
घर में ही डर अब तो लगने लगा है।।

कब तक मनाएगा तू ख़ैर आख़िर
दहलीज़ पे जुर्म पसरने लगा है।।

कहाँ मुँह छुपाओगे बोलो "बशर" तुम
ज़मीर ही सवाल अब तो करने लगा है।।

अब कौन रूठे मनाएँ भी किसको

अब कौन रूठे, मनाएँ भी किसको
साथी ना दुश्मन, निभाएँ भी किसको?

ख़ुशी के दिनों में सहेजे ना अपने
अब ग़म के क़िस्से सुनाएँ भी किसको?

मासूम भी दुनियाँदारी में डूबे
वादों की यादें दिलाएँ भी किसको?

कैसे शहादत को शर्मिंदा कर दे
आँसू वो बेवा दिखाए भी किसको?

कोने में बैठा अकेला बुढ़ापा
तजुर्बे की बातें बताए भी किसको?

हाकिम का कहना कि सबकुछ है अच्छा
हम अपने दुखड़े सुनाएँ भी किसको?

"बशर" जो चले नेक रस्ते पे वो अब
फटे पाँव अपने दिखाएँ भी किसको?

दिनेश चन्द्र पाठक 'बशर'

तेरा अंदाज़ कुछ अलग सा है

तेरा अंदाज़ कुछ अलग सा है
है तो इंसान, पर अलग सा है।।

तुम जो कह दो तो मान लूँ मैं भी
आज का चाँद कुछ अलग सा है।।

दिल तो कहता है कि तू मेरा है
कहना दुनियाँ का कुछ अलग सा है।।

वो है मशहूर और तू गुमनाम
वो है कुछ और, तू अलग सा है।।

तू भी नादान सा लगे है "बशर"
दुनियाँ कुछ और तू अलग सा है।।

सियासत नंगी हो गई है

बदरंग-बेढंगी हो गई है
सियासत नंगी हो गई है।।

खून-पसीना मेरा था पर
संसद सतरंगी हो गई है।।

काम का कोई दाम नहीं अब
बात महँगी हो गई है।।

राम तो बैठे तम्बू में और
सत्ता संगी हो गई है।।

कलयुग में रोटी भी देखो
खून से रंगी हो गई है।।

नाम से हिन्दू, फितरत लेकिन
"बशर" फिरंगी हो गई है।।

दिनेश चन्द्र पाठक 'बशर'

भूख और रोटी का बस फर्क जानता है

भूख और रोटी का बस फर्क जानता है
गीता-कुरान के कब वो हर्फ़ जानता है।।

जो भी बलाएँ प्यार से बच्चे की वार ले
माँ का तो दिल उसे ही हमदर्द मानता है।।

हाकिम के हाथ अपनी खुद पीठ थपथपाते
शहादतों को मेरा वो फ़र्ज़ मानता है।।

जम्हूरियत का चौथा खम्भा तुम्हें मुबारक़
सहूलियत की छलनी से खबरें छानता है।।

बेखुद ही रहना बेहतर, इस हाल में "बशर" है
होश-ओ-हवास में दिल इंसाफ माँगता है।।

यूँ ही खेल खेल में

यूँ ही खेल-खेल में
आज यूँ किया जाए
आईना ले हाथ में
आप से मिला जाए।।

बढ़ गई है जुर्म की
हद तक तुम्हारी बेरुखी
तड़ीपार यादों को तेरी
दिल से अब किया जाए।।

जात ही कुछ है अलग सी
आदमी की ऐ खुदा!
गाय बूढ़ी हो चुकी
बूचड़ को दे दिया जाए।।

शौक़ भी कुछ अलहदा हैं
हुस्न वालों के "बशर"
चाहते हैं आशिकों को
फिर से गिन लिया जाए।।

नज़र में उसकी मुहब्बत का इशारा भी ना था

नज़र में उसकी मुहब्बत का इशारा भी न था
बात करना यूँ मेरे दिल को ग़वारा भी न था।।

दोस्त करते रहे चर्चे तेरी मुहब्बत के
मुस्कुराने के सिवा पास में चारा भी न था।।

वो जो इतराया करे था जवान बेटों पे
उम्र ढलने लगी तो कोई सहारा भी न था।।

माँ का एहसास उस से पूछ "बशर"
नज़र को जिसकी कभी माँ ने उतारा भी न था।।

अल्हड़ सी अँगड़ाई

हद से बढ़कर नाज़ ये तेरे, कौन सहे हरजाई।
हमको अपना दर्द मुबारक़, तुझको तेरी तन्हाई।।

चेहरे की मुस्कान हो या फिर आँखों के हों आँसू।
जिसका जितना मतलब उसको उतना पड़े दिखाई।।

दुनियाँ ने बस याद रखे हैं नादानों के क़िस्से।
कोई ना उसका पूछने वाला, जिसने की चतुराई।।

ये दुनियाँ का चलन था या फिर अपनी ही खुदगर्जी।
जो था जितने काम का उस से उतनी बात बढ़ाई।।

अपने-अपने दर्द समेटे हर कोई हँसता है।
ढूँढे काँधा जिस पर रोकर ना होवे रुसवाई।।

"बशर" चलो हम जाकर ढूँढें अलमस्तों की बस्ती।
गीत प्यार का, चैन की बंसी, अल्हड़ सी अँगड़ाई।।

दिनेश चन्द्र पाठक 'बशर'

शर्म आँखों में ज़रा दिल में लिहाज रहने दो

शर्म आँखों में ज़रा दिल में लिहाज रहने दो
प्यार और शराफत के कुछ रिवाज़ रहने दो।।

थाम लो कुछ देर मुल्ला की अजां औ घण्टियाँ
कहकहे नन्हे फरिश्तों के हवा में बहने दो।।

भाइयों में जब कभी बढ़ने लगें कड़वाहटें
बैठो माँ के पास और कोई कहानी कहने दो।।

मिल तो सकता है बहुत कुछ झुक के दुनियाँ में "बशर"
चाल में थोड़ी अकड़, थोड़ा रुआब रहने दो।।

जम्हूरियत

आओगे फिर से कुछ वादे करोगे
बेबस सी जनता को फिर से छलोगे।।

शेरों को चाहे चुनो भेड़ियों को
इधर भी मरोगे, उधर भी मरोगे।।

जम्हूरियत का अजब है तमाशा
अपने नुमाइंदों की जय करोगे।।

हाकिम का होगा हर इक फैसला तो
किश्तें मग़र उसकी तुम ही भरोगे।।

मुख़ालिफ उठेगी जो आवाज़ कोई
बाग़ी वतन का उसे तुम कहोगे।।

आँखें रखो बंद, सिल लो जुबां को
वरना दिवानों के जैसे फिरोगे।।

अंधों की नगरी में बहरा है राजा
फरियाद किस से "बशर" तुम करोगे।।

नापते हैं अपने ही फीते से लोग

नापते हैं अपने ही फीते से लोग
बरतते हैं अपने सुभीते से लोग।।

जान लेना ख़ुद को भी कितना है मुश्किल
जानते हैं मुझको ये कहते हैं लोग।।

वक़्त से ही सबकुछ भला या बुरा है
मसीहा को मुज़रिम भी कहते हैं लोग।

चाहतें तुम्हारी पर फैसला जहां का
पाक़ीज़गी पे उसकी क्या कहते हैं लोग।।

आज तो बड़े ही मासूम लग रहे हो
देखें कि कल तुम्हें ही क्या कहते हैं लोग।।

फेर में जहां के पड़ना नहीं "बशर" तुम
दिल में कुछ ज़ुबां से कुछ कहते हैं लोग।।

तुझे याद करने का बस ये सिला है

तुझे याद करने का बस ये सिला है
नया रोज़ किस्सा जहां को मिला है।।

सतरंगी सपनों की दुनियाँ में हम-तुम
क्या ही नज़ारा नज़र को मिला है।।

उड़ते हैं गलियों में चर्चे हमारे
चाहत भी वल्लाह कैसी बला है।।

तुझे उम्र की साज़िशों से बचा लूँ
दिल में मेरे भी अजब हौसला है।।

मुझे रोज़ कहते हैं घर के बड़े अब
सुधर जा "बशर" अब इसी में भला है।।

ज़िद किये बैठा है तुमको पाने की

ज़िद किये बैठा है तुमको पाने की
आरजू देखिए दीवाने की।।

जब नज़र के तीर से हो सामना
कौन सोचे भला ज़माने की।।

उसने आँखों ही में जो कुछ कह दिया
वो नहीं बातें तुम्हें बताने की।।

लत हमें कि हुस्न के ताने सुनें
हुस्न को आदत हमें सताने की।।

इश्क़ का ये शौक़ भी क्या शौक़ है
साथ लाया लानतें ज़माने की।।

क्या "बशर" समझे कि इतराने लगे
उनको तो आदत है मुस्कुराने की।।

लोग कहते हैं सुधरने को तुझे

लोग कहते हैं सुधरने को तुझे
ऐ "बशर" ऐब क्या लगा है तुझे।।

प्यार के साथ ज़माना भी मिले
नहीं मुमकिन कोई बता दो उसे।।

जूतियों के फटे तलुवों में कई
झुलसे पैरों का पता भी है मुझे।।

बुलबुलों ये है पत्थरों का शहर
प्यार के गीत सुनाओगे किसे?

राम बनकर भी कोई आये अगर
आज के लोग तो झुठला दें उसे।।

घर है बेटे का अलग शौहर से
एक माँ हाय! चुने भी तो किसे?

ना मिलो ख़ारे समंदर की तरह

ना मिलो ख़ारे समंदर की तरह
बरसो इक रोज़ तो सावन की तरह।।

तिरछी नज़रों में बिजलियों की चमक
वो चले आते हैं क़ातिल की तरह।।

ग़ैर बन के हो कितनी बार मिली
आज आ जाओ तो दुल्हन की तरह।।

रात का चाँद बदलियों में छुपा
तक रहा है तुम्हें सौतन की तरह।।

ऐ "बशर" सोच के चुनना रहबर
ये ही हो जाते हैं रहज़न की तरह।।

वो सरेआम ना आएगा अभी

वो सरेआम ना आएगा अभी
तुझ पे इल्ज़ाम ना आएगा अभी।।

हद से सस्ता यहाँ ईमान हुआ
तू खरे दाम ना पाएगा अभी।।

जुर्म हर हमने है क़ुबूल किया
आपका नाम ना आएगा अभी।।

शाह मशरूफ़ सियासत में हुआ
राम के काम ना आएगा अभी।।

जलते सेहरा में हमक़दम बनकर
कोई गुलफाम ना आएगा अभी।।

अश्क़ मज़लूम के हैं ताज़ा "बशर"
दिल ये आराम ना पाएगा अभी।।

राग के बाद हर सुबह भी गई

रात के बाद हर सुबह भी गई
चंद किस्तों में ज़िंदगी भी गई।।

बढ़ती दौलत ने कम किये कपड़े
नाम चमका तो सादगी भी गई।।

दुनियाँदारी की इस रवायत में
लुत्फ़ पाया ना, बंदगी भी गई।।

ऊँचे होते गए मकां जैसे
चाँद-तारों की रोशनी भी गई।।

जाने किस सोच में घिरे हो "बशर"
उम्र इक आई और चली भी गई।।

दिनेश चन्द्र पाठक 'बशर'

यहाँ मासूम दीवाना सा लगे

यहाँ मासूम दीवाना सा लगे
फरेबियों का निशाना सा लगे।।

फटे कुर्ते में यहाँ इल्म जिया
इश्तेहारों का ज़माना सा लगे।।

खोटे सिक्के को चलाने का हुनर
जिसमें हो वो ही सयाना सा लगे।।

पर्वतों से उतरना झरनों का
मेरे मेहबूब का आना सा लगे।।

देखकर उनका मुस्कुराना "बशर"
कोई बेबाक फसाना सा लगे।।

दिनेश चन्द्र पाठक 'बशर'

ख़ार से फूल उलझते देखा

ख़ार से फूल उलझते देखा
रिसते ज़ख़्म को हँसते देखा।।

बाप का दिल था परेशां लेकिन
साथ में बच्चों के हँसते देखा।।

अपनी रोटी खिला बच्चों को
माँ को व्रत भी रखते देखा।।

छोड़ के गाँवों की जागीरी
उन्हें शहर में भटकते देखा।।

रिश्तों से भरपूर वो कुनबा
मियां-बीवी में सिमटते देखा।।

देख के बिस्किट खाते कुत्ते
इक मासूम तरसते देखा।।

सच कहने वालों को "बशर" ने
गुण्डों में है फँसते देखा।।

यूँ भरम इश्क़ का रखा उसने

यूँ भरम इश्क़ का रखा उसने
मेरे हर ऐब को ढका उसने।।

आसमां से भी ऊँचा जान उसे
तुझको सर-माथे पे रखा जिसने।।

मेरे हर लफ़्ज़ को सराहा है
मेरे हर क़िस्से को बुना उसने।।

श्याम सदके मैं उस सुख़नवर के
तेरे क़िरदार को गढ़ा जिसने।।

राम के नाम से है ज़िन्दा "बशर"
अपने सरमाये में रखा उसने।।

दिनेश चन्द्र पाठक 'बशर'

हर रात के नसीब में चाँदनी नहीं होती

हर रात के नसीब में चाँदनी नहीं होती
उम्र जीना तो कोई ज़िन्दगी नहीं होती।।

सो जाते हैं भूख की सिसकियों से वो
मयस्सर जिन्हें माँओं की लोरी नहीं होती।

देखकर लगता है वो जवां बेटी का बाप
सारे शहर में उसकी ही आँखें नहीं सोती।।

कंक्रीट के जंगलों से भर रहे हैं खेत
अब वो नाज़ुक अंगुलियाँ सरसों नहीं बोती।।

उकता गया हूँ मैं तेरी बातों से ऐ "बशर"
किस्सों में तेरे कोई भी रंगत नहीं होती।।

कल की फिक्र रात को सोने नहीं देती

कल की फिक्र रात को सोने नहीं देती
सियासत उस ग़रीब को रोने नहीं देती।।

इस तरफ ज़मीर है तो भूख उस तरफ
दुनियाँ किसी भी एक का होने नहीं देती।।

है महक बची हुई अब तक शहीद की
वर्दी को एक बाँवरी धोने नहीं देती।।

हाथियों के झुण्ड को है चींटियों से ख़ौफ
बात ये ही हौसला खोने नहीं देती।।

सूरज के डूबने से ना उम्मीद खो "बशर"
सुबह उसको रात का होने नहीं देती।।

इश्क़ का लुत्फ इतना जाना है

इश्क़ का लुत्फ इतना जाना है
शेर कहने का इक बहाना है।।

ढूँढता हूँ हसीन सी सोहबत
गीत चाहत पे इक बनाना है।।

इस क़लम के कमाल के सदके
कितनों के हुस्न को सँवारा है।।

देखो लहराते उनके आँचल में
कितने नग़्मों का ताना-बाना है।।

सामने हुस्न, हाथ में हो क़लम
ऐ "बशर" ख़्वाब क्या सुहाना है।।

दूध का जला बशर इस असर में रहता है

दूध का जला बशर इस असर में रहता है
छाँछ को पीते हुए भी बाख़बर सा रहता है।।

चाँदी का चम्मच लिये पैदा हुए हैं वो
उंगलियाँ तो घी में हैं, कड़ाही में सर रहता है।।

नीयतें तो देखिए सारा का सारा गाँव ही
गरीब की लुगाई को भौजाई कहता है।।

जो था राज़दार, राज़ फाश कर गया
बाढ़ खेत खा गई, सर धुने वो बैठा है।।

अपने-अपने दायरे में शेर हर कोई
अंधों में काना है राजा ठाठ से वो रहता है।।

आसमां में उड़ने वाले कह रहे हैं आज
चार दिन की चाँदनी है फिर अँधेरा रहता है।।

दाल में काला जो होता बात और थी
दाल का ही काला होना और ही कुछ कहता है।।

दर्द-ए-सर बन जाएगा ये इश्क़ ऐ बशर

दर्द-ए-सर बन जाएगा ये इश्क़ ऐ "बशर"
ख़र्च इसमें है बहुत तुझको नहीं ख़बर।।

चाँद-तारों से बहलती अब नहीं कोई
जेब में पैसा ज़रूरी, इक बड़ा सा घर।।

हाथ में ले हाथ चलने के गए अब दिन
लाँग ड्राइव के लिये अब चाहिये मोटर।।

भूल जा माशूक़ के हाथों की फुलकियाँ
उसकी ख़्वाहिश है कि खाए पिज्जा औ बर्गर।।

अब गुलाबों की कली से ना बनेगी बात
फोन महँगा हो या कोई सोने का ज़ेवर।।

कॉम्पिटीशन है बहुत लागत भी कम नहीं
हो गए हैं कितने बंगले वाले दर-ब-दर।।

जो अधूरी चाह से हर रिश्ते को निभाते हैं

जो अधूरी चाह से हर रिश्ते को निभाते हैं
ऐ "बशर" नीयत वही औरों की आज़माते हैं।।

हो न पाओगे बराबर तुम कभी उस शख़्स के
अपनी रोटी भी जो अक्सर ग़ैर को खिलाते हैं।।

दर्द-ए-सर लगती है बीवी की मुहब्बत क्या कहें
हाय! मेहबूबा के नख़रे आप को लुभाते हैं।।

है ज़ुबानी याद उनको हर ख़ता मेरी मग़र
कितने हैं मासूम खुद के ऐब भूल जाते हैं।।

हैं वही नादान रहबर नेकियों की राह के
जो कि औरों को बचाने डूब खुद ही जाते हैं।।

शायर

शायर हूँ मैं अल्फ़ाज़ों से ज़ुबान दिल की कहता हूँ
एकसाथ ना जाने कितने दिलों में अक्सर रहता हूँ।।

सोच ना तू कि कैसे मैंने तेरे दिल की बात कही
हर मज़लूम के दर्द को अक्सर अपने दिल में सहता हूँ।।

माँ की ममता, दुःख गरीब का, देशभक्ति का गीत कहीं
कभी प्यार का निर्मल-शीतल झरना बनकर बहता हूँ।।

सबके सुख-दुःख को अपनाया सबको अपना स्वर है दिया
दुनियाँ के छल-छंद में फिर भी अविचल निश्छल रहता हूँ।।

कुछ ने सराहा, प्यार दिया और कुछ ने जय-जयकार करी
कितनी आहें, कितनी टूटन, चंद शेर तब कहता हूँ।।

मंच हो, तुम हो साथ हो कविता तब तक जीवन चलता रहे
जिस दिन ये कुछ भी ना होगा उसको मृत्यु कहता हूँ।।

मेरे शेरों में वो जो रहते हैं

मेरे शेरों में वो जो रहते हैं
मेरी आहों पे वाह कहते हैं।।

मैं हूँ हैरत में कि मेरे क़िस्से
मैं हूँ अंजान, ग़ैर कहते हैं।।

वो खुदा से भी कुछ ना माँगेंगे
अपनी ही मौज़ में जो रहते हैं।।

ख़ूब वाक़िफ हैं सबकी फितरत से
पेड़ जो पत्थरों को सहते हैं।।

दर्द बारिश का वो समझते हैं
जिनके कच्चे मकान ढहते हैं।।

है अजब बात शायरी में "बशर"
जहाँ आँसू क़लम से बहते हैं।।

वो ही तरसेंगे मुझसे मिलने को

मुझसे कहते हैं जो बदलने को
वो ही तरसेंगे मुझसे मिलने को।।

है अजब दौर अच्छे लोग भी अब
सच से कहते हैं होंठ सिलने को।।

बाग़बां ख़ौफ़ में है कुछ दिन से
ज़िद किये बैठी कली वो खिलने को।।

कितने टुकड़ों में हमको बाँटा है
जब सियासत लगी है हिलने को।।

है हिफ़ाजत गुलों की काँटों से
ये नहीं ज़िस्म उनका छिलने को।।

याराने को इस तरह अब

याराने को इस तरह अब यार निभाया करते हैं
करते हैं एहसान और फिर सबको बताया करते हैं।।

दीवानों की अपनी दुनियाँ, दुःख भी अपना-अपना है
आये दिन नादान हवन में, हाथ जलाया करते हैं।।

कर्म की महिमा गाने वाले दुनियाँ में गुमनाम हुए
दुनियाँ उन पर मोहित है जो बात बनाया करते हैं।।

दिन से ज़्यादा रातें प्यारी होने लगी मुझको तब से
जब से मेरे ख़्वाबों में वो आया-जाया करते हैं।।

दिनेश चन्द्र पाठक 'बशर'

सियासत अब सच बोल भी दे

अय्यारी अब छोड़ भी दे
सियासत अब सच बोल भी दे।।

भरती तिजोरी खाली पेट
तिलिस्म अब ये तोड़ भी दे।।

घुटते शहर औ खाली गाँव
कुछ तो अच्छा छोड़ भी दे।।

तेरे महलों से गाँवों को
खुशियों का रुख़ मोड़ भी दे।।

बंद जहां मज़लूम के सपने
अब वो ताला तोड़ भी दे।।

याद आता ही रहा वो

याद आता ही रहा वो शख़्स यूँ जाने के बाद
जैसे सुबह की तलब हो रात गहराने के बाद।।

जीते-जी किसने सुनी तुलसी कबीर की बात भी
तुम समझ पाओगे मुझको मेरे मर जाने के बाद।।

सड़कों पे कट ही गया दिन अजनबी चेहरों के साथ
कितना तन्हा हो गया हूँ घर में आ जाने के बाद।।

रात कट ही जाएगी, सुबह नयी भी आएगी
तारे कुछ फिर ना उगेंगे आज ढल जाने के बाद।।

ऐ "बशर" तेरी तड़प जाने क्या रंग दिखाएगी
दर्द बनता है हुनर एक हद गुज़र जाने के बाद।।

खुद से खुद बात करूँ

खुद से खुद बात करूँ तो ये हुनर अच्छा है
तेरी सोहबत से तो ये तन्हा सफ़र अच्छा है।।

यहाँ डरते हैं परिन्दे भी घर बनाने से
तेरे महलों से मेरे फूस का घर अच्छा है।।

वहाँ दम घुटता है ज़हरीली हवा से अक़्सर
नीम की छाँव तले छोटा सा घर अच्छा है।।

बेइरादा ही सरेआम तुझे छू बैठा
फिर वो मदहोशी का एहसास मग़र अच्छा है।।

इस से पहले कि कोई आँख हो नम मेरे लिये
मैं ही हालात का पी जाऊँ ज़हर अच्छा है।।

वक़्त तो बदला ही करता है मग़र ये क्या हुआ
वो भी अब कहने लगे हैं कि "बशर" अच्छा है।।

फिर से इक बार ज़हर पी लूँगा

फिर से इक बार ज़हर पी लूँगा
तेरी ख़ातिर मैं होंठ सी लूँगा।।

अज़्म पर आएगी जो बात मेरे
मैं वफ़ा का हिसाब भी लूँगा।।

है तेरे रहम की क़ीमत ज्यादा
जो मेरा हक़ है मैं वही लूँगा।।

मेरा ताल्लुक़ तो है फकीरी से
मस्त हर हाल में मैं जी लूँगा।।

खुद को तू ही जवाब क्या देगा
मैं तो चुपचाप ज़हर पी लूँगा।।

ऐ "बशर" तुम भी यूँ ना इतराओ
तेरा एहसान मैं नहीं लूँगा।।

दिनेश चन्द्र पाठक 'बशर'

अपने क़िरदार को ख़रा रखना

अपने क़िरदार को ख़रा रखना
दिल को जज़्बात से भरा रखना।।

धूप कहती गई है जाते हुए
राह के पेड़ को हरा रखना।।

तेरे हिस्से में भी महक होगी
खिड़कियों को ज़रा खुला रखना।।

बाँह फैला के जो मिले कोई
तो नहीं तुम भी फ़ासला रखना।।

हादसे ज़िंदगी का हिस्सा हैं
तू मगर खुद पे हौसला रखना।।

कितने ऐबों का है इलाज़ "बशर"
सामने खुद के आइना रखना।।

ख़त्म यूँ मर्ज़ हुआ रोज़ मुलाक़ातों से

ख़त्म यूँ मर्ज़ हुआ रोज़ मुलाक़ातों से
बात का ज़ख़्म था जो भर गया वो बातों से।।

ताज जिसने भी बनाया है इस ज़माने में
एक दिन घर को गया है वो कटे हाथों से।।

दिल दुखाया था किसी रोज़ किसी मुफ़्लिश का
सो नहीं पाया है वो पिछली कई रातों से।।

लोग इस दुनिया में जबतक ज़ुबां के क़ायल थे
कितना आज़ाद था इंसान बहीखातों से।।

ख़ौफ़ से सहम उठी आज एक नन्ही कली
जिस्म को छूते हुए अपनों के ही हाथों से।।

ऐ "बशर" तेरी भी फ़ितरत से सब परेशां हैं
सबको उकताया करे है तू अपनी बातों से।।

देखिए किस तरह अख़बार सच बताता है

देखिए किस तरह अख़बार सच बताता है
गाय पाली है कसाई ने गीत गाता है।।

आग में जलते हुए ज़िस्म की ले तस्वीरें
सबकी सोई हुई संवेदना जगाता है।।

फीकी ख़बरों को घुमाकर बना जलेबी सी
मुद्दों की गर्मागर्म चाशनी लगाता है।।

बात क़िरदार की करता है सख़्त लहज़े में
पीठ को हौले से आक़ाओं की सहलाता है।।

ऐ क़लम तेरे भी हिस्से में ये दिन आना था
स्याही को तौल के सिक्कों से भरा जाता है।।

ऐ "बशर" तेरा भी अंजाम ठीक लगता नहीं
अपनी औक़ात से बढ़कर तू सच बताता है।।

जाने कितने दिलों की हसरत है

जाने कितने दिलों की हसरत है
है तेरा हुस्न या क़यामत है?

सब्र ना चैन, उलझनें दिल में
ये तेरा इश्क़ एक आफ़त है।।

दिल कहे होंठ चूम लूँ तेरे
होश कहता है कि ये वहशत है।।

मेरे शानों पे सर तुम्हारा हो
इसी दुनियाँ में फिर तो ज़न्नत है।।

मेरी नज़रों की हर शरारत को
तुम बढ़ावा दो ये ही चाहत है।।

तेरी आँखों से चुरा ले काजल
इक "बशर" में ही इतनी हिम्मत है।।

दिनेश चन्द्र पाठक 'बशर'

ये इरादे से हर इक बार पलट जाता है

ये इरादे से हर इक बार पलट जाता है
दिल हर इक बार किसी ख़ास पे आ जाता है।।

जब कभी अहद किया, इश्क़ ना फरमाएँगे
नाज़ ओ अंदाज़ किसी और का भा जाता है।।

ज़ुल्फ के पेंच पे, सरकते हुए आँचल पे
सुख़ होंठों पे कभी दिल मचल सा जाता है।।

बच के चलता हूँ तेरी गलियों, तेरी यादों से
साथ यारों के तेरा ज़िक्र आ ही जाता है।।

लाख समझाया मग़र तू ना "बशर" सुधरेगा
ज़ख़्म हर बार नया तू भी ले ही आता है।।

अपने किये की सफाई ना दो

अपने किये की सफाई ना दो
जब हो भुगतना, दुहाई ना दो।।

दुनियाँ में कोई नहीं है फ़रिश्ता
खुद को यूँ खुद ही रिहाई ना दो।।

कहती है बीवी कि हाथों में माँ के
मेहनत की अपनी कमाई ना दो।।

थी आख़िरी सीख रावण ने समझी
खेमे में दुश्मन के भाई ना दो।।

ऐबों को अपने छुपा के "बशर" तुम
औरों के हिस्से बुराई ना दो।।

दिनेश चन्द्र पाठक 'बशर'

लिखा हुआ पढ़ता है कौन

लिखा हुआ पढ़ता है कौन
ग़ज़ल पे अब मरता है कौन?

छूटा कसमें खाना-खिलाना
ख़ुदा से अब डरता है कौन?

किसी की ख़ातिर उम्र गँवाना
इतना दम भरता है कौन?

रेत पे कोई महल बनाना
आज भला करता है कौन?

जब जा बैठूँ हार अकेला
दुःख मेरे हरता है कौन?

बात बेतुकी तेरे मन में
बता "बशर" भरता है कौन?

है ये अरमान कुछ लिखूँ तुझ पे

है ये अरमान कुछ लिखूँ तुझ पे
सोचता हूँ कि क्या लिखूँ तुझ पे।।

तेरा किरदार कितना रोशन है
स्याही से क्या भला लिखूँ तुझ पे।।

तेरा सरमाया कितना पाकीज़ा
हो लूँ बेदाग़ फिर लिखूँ तुझ पे।।

मैं फरिश्तों का तो मुरीद नहीं
भले इंसान आ लिखूँ तुझ पे।।

काग़ज़ों में तो तू ना सिमटेगा
अपनी नेकी को लिख दे तू मुझ में।।

ऐ "बशर" ये सभी की ख़्वाहिश है
चाहते सब हैं कुछ लिखूँ तुझ पे।।

ये क्या हाय बिछड़ना

ये क्या हाय बिछड़ना जो ना हो फिर मिलना,
हाथ नहीं फिर आये ये क्या हाय फिसलना।।

रोज़ कातना धागा अपने ही आँसू का,
बैठे रोज़ अकेले ज़ख़्म को अपने सिलना।।

महफ़िल में ले जाना हँसते-गाते नग़मे,
तन्हाई में छुपकर वो दर्द से अपने मिलना।।

मंदिर या फिर कोठा किस्मत अपनी-अपनी
है तय वक़्त पे फिर भी फूलों को बाग़ में खिलना।।

यादें बात करेंगी कुछ लम्हे साथी होंगे,
तस्वीरों के सायों से होगा "बशर" का मिलना।।

जो नहीं फ़िक्र मंज़िलों की किये

जो नहीं फ़िक्र मंज़िलों की किये
राह का लुत्फ़ वो ही लोग लिये।।

जिनको फ़ुर्सत नहीं पलों की भी
बैठे हैं पीढ़ियों का बोझ लिये।।

क्या कहूँ माँ का बेमिसाल हुनर
अश्क़ पी के भी मीठे बोल दिये।।

जिनके बेटों ने की तरक्की बहुत
वो हैं काँधें पे अपना बोझ लिये।।

शाम से डरते हैं वो घर-आँगन
जिनके अपने ही उनको छोड़ दिये।।

ऐ "बशर" मैं हूँ और तन्हाई
कितने संज़ीदगी ने बोझ दिये।।

बस यूँ ही

१

जिसे तुम परिहास कहते हो ना
यह एक कला है
अपनापन व सौहार्द्र दिखाते हुए
किसी को अपमानित कर सकने की।।

२

चलो किसी रोज़ यूँ भी करें.....
ऑफिस से आते समय तुम देख लेना
मेरे चेहरे की थकन को
और रात को सोने से पहले
मैं छूकर देखूँ तुम्हारी खुरदुरी हथेलियों को
और दोनों समझ लें
एक-दूसरे के प्रति परस्पर हमारे समर्पण को
आँखों ही आँखों में
बिना कुछ कहे........ चुपचाप....।।

३

वो अकस्मात् चमक उठना तुम्हारे चेहरे का
गोरे गालों पर मनोहारी लाली का छा जाना
तपती सी कनपट्टियों का सुर्ख़ हो जाना
कितना कुछ कर गई थी मेरी इक नज़र
और लोग समझते रहे कि किसी उबटन का कमाल है।।

४

कुछ शब्द लिखना चाहता हूँ

तुम्हारे सौन्दर्य और अपने प्रेम पर

कुछ भाव उतारना चाहता हूँ

सफ़ेद कोरे काग़ज़ पर

कुछ कहना चाहता हूँ

तुम्हारी अल्हड़ अठखेलियों पर।

किंतु मेरी कलम को बाँधा है तुम्हारे अनिश्चय में

मेरे भावों को बाधित किया है तुम्हारी हिचक ने

और मेरे शब्दों को मूक किया है तुम्हारे मौन ने।।

५

सुनो!

देख रही हो ना पहाड़ों पर बरसती बदली को?

इसने नहीं रखी कोई शर्त

ना ही कोई परीक्षा ली है प्रेम की

और ना ही संज्ञान लिया है

ऊबड़-खाबड़ पर्वत की कठोरता का।

सोच रहा हूँ यह देखकर ....

एक दिन के लिये तुम भी यूँ बरस जाओ ना....

सम्पूर्ण समर्पण के साथ...

बिना किसी संदेह के।।

दोहे

कभी न हाथ पसारिये, रहा "दिनेश" बताय।
नवग्रह को दे रोशनी, सदा दिनेश नचाय।।

गंगा जीवन देत है, गंगा जीवन खाय।
गुण से पूजन होत है, अवगुण दूर भगाय।।

मूरख ज्ञानी की नहीं, किसी बात का मोल।
एक कहे बेमोल सदा, अरु दूजा अनमोल।।

पड़ी सोच में रूपसी, तज दुनियाँ का ध्यान।
होंठों पे चुप सी लगी, नैना करें बखान।।

होंठों से तो कुछ कहो, आँखों से कुछ और।
प्रेममद में मदमाती, सखी चली किस ओर।।

यूँ पल्लू से बाँध लो, तुम मेरे एहसास।
चाभी ज्यूँ तिजोरी की, रखती अपने पास।।

रंगीली छब धार के, कर नूतन श्रृंगार।
वासंती ओढ़े वसन, बेधत हृदय हजार।।

कामबाण की चोट से, जो हो चित्त विकार।
नारी को गुरू मानिये, एक यही उपचार।।

बाहुपाश में कंत के, सकुचाती सी देह।
मद से कम्पित गात है, नैनन भरा सनेह।।

तृषित अधर बेकल हुए, चढ़ा हृदय का ज्वार।
चली कामिनी सज्ज हो , भली करें करतार।।

तीखी नैन कटार से, करे करारी चोट।
सज्जन भी विचलित हुए, हृदय समाया खोट।।

साँस चढ़ी आँधी भई, गए अधर भी सूख।
तन–मन तृष्णा से भरे, बढ़ी काम की भूख।।

फीका काजल नैन का, अधरों का सब राग।
भाव तृप्ति के सोहते, बुझी विरह की आग।।

www.ingramcontent.com/pod-product-compliance
Lightning Source LLC
LaVergne TN
LVHW011019200726
843509LV00011B/1157